「……ねえ」

耳を食んでいた愛一郎の唇が、良明の喉元に降りた。

「今日は、してもいい？　ちょっと、我慢できそもないや。俺」

酷く、愛一郎の肌が熱い。

（「高校教師、なんですが。」P.85より）

人恋しいのか、寂しいのか、裕也が良明の右膝に頬を寄せて体を丸める。

やわらかい髪を撫でてやると、愛一郎が指を銜えてそれを見ていた。

「半分空いてるだろ?」

溜息交じりに良明が笑うと、嬉しそうに愛一郎が左の足に頬を寄せて横になる。

(「高校教師、なんですが。」P.99より)

Chara

高校教師、なんですが。

菅野 彰

キャラ文庫

この作品はフィクションです。
実在の人物・団体・事件などにはいっさい関係ありません。

目次

口絵・本文イラスト／山田ユギ

高校教師、なんですが。

何故《なぜ》、今、この小樽《おたる》に。

小樽と言えば、北海道《ほっかいどう》では屈指の観光地ということになる。大正時代に造られた美しい石造りの運河や、明治から昭和初期にかけて一流建築家たちによって建てられた西洋建築の町並み。どうでもいいことだが石原裕次郎《いしはらゆうじろう》記念館もある。

夜景は美しく、連日観光客は絶えない。

しかしここは、そんな観光地小樽からはかけ離れた、ニシン御殿だけが高々と聳《そび》える寂れた漁師町だった。

「……あり得ない。この風景、この寒さ」

取り敢《あ》えず身を置いている民宿の、古い畳の上に立って窓辺に洗濯物を干しながら、暗い海を眺めて呆然《ぼうぜん》と、中村良明《なかむらよしあき》は呟《つぶや》いた。

「『北の国から』って……あったな、なんか。母さん。ここは日照時間も短く、あまりの寒さに洗濯物も乾かない訳で」

ふざけている訳ではない。だいたい良明は戯《ざ》れ言《ごと》の言える性格ではない。

だがさすがに現実逃避の一つもしたくなる。つい昨日まで、良明は東京《とうきょう》は杉並《すぎなみ》に住んでいた。多少寒さも来ていたが、雪など見るとは思いもよらなかった。

しかし人のいない小さな漁港には、ちらほらと蛍《ほたる》のような白い雪が舞い散っている。まだ積もる気配はないようだが、ワイシャツに、訳あってタキシードのスラックスをはいただけの良明には骨身に染みる寒さだ。着替えもない。

「……どしたの？　パンツ乾かない？　あ……雪じゃん！　すげえ!!」

後ろで寒さの中デニムにTシャツで寝ていた嵩《かさ》のある青年が、けばだった畳から起き上がった。

良明より一回りも大きな体で子犬のように駆け寄って、往来の窓が全開だというのに青年は後ろから良明を思いきり抱き締める。

「何がすごいんだよ……」

「だってまだ十一月だよ!?　俺雪すげえ好き！　雪だるま作れるかな？　うわー、海に降る雪ってきれいだな」

誰がどう聞いても成人した男の声で、小さな子どものように彼ははしゃいだ。

「……きれいか？」

目の前の海はロシアの貿易船もつくという北の海で、真昼だというのに灰色というより鼠《ねずみ》色というのがそぐわしく思える。昨日も曇っていたし、晴れる日など永遠に来ないかのような鋼《はがね》色だ。

「おい、外から丸見えだからここ」

　今日はニシン御殿にさえ観光客の来ない日なのか、雪の重みで轍《わだち》の多い往来には、本当のところたまに老人が通るぐらいだ。

「なんだお客さん、寒いんだったらどてら貸すよ」

　しかしどんな間の悪さなのか、漁師でもある宿の主人が魚を干しに出て来て、見た目はいい大人の男が二人ぴったりと寄り添っているのを見つけた。

「……お借りします。ええ寒くて。本当に寒くて。ただただ寒くて。離れなさい、ほら」

「やだよ……」

　掠《かす》れた声で言って青年は、良明の頬《ほお》に頬を寄せてくる。

　青年の方が明らかに体温が高い。良明は温まって、青年は多分冷えるばかりだ。

「……ったく」

　溜息《ためいき》をついて、良明は腹を抱いている手に指を重ねた。

「仲の良い兄弟だねえ」

　人のいい主人は、朗らかに笑う。

「はは……ははは」

　得意の曖昧《あいまい》な笑みを、良明は浮かべた。

　何故、今、小樽に。しかも初めて見るような、小さな漁港の前に。

　いや、多分理由などないのだ。

ただ生まれつきの極端な優柔不断で、色んなことがあまりに適当で、割とどうでもよく不自由もないまま、中村良明は今日までを生きて来てしまった。

そういう風に生きていると、極端な話こういう風景にたどり着いてしまうこともあると、これはそういう物語。

小樽にたどり着くほんの三カ月前まで、良明《よしあき》は凡庸と言えば凡庸も怒り出すような平凡な高校教師だった。杉並の私立高で社会を教え、毎年同じ授業をしているとと思いながらぼんやりと五年の月日が流れた二十七歳だ。

「……煙草《たばこ》、やめないとな」

思えば運命のその日、幼なじみと待ち合わせた新宿《しんじゅく》の地下にある喫茶店で、マイルドセブン・ライトの煙を吐き出しながら良明はぼやいた。

喫煙席がどんどん狭くなっている。文字通り人に煙たがられる上、良明は別に愛煙家ではない。なんとなく、煙草を吸っている。学生のときになんとなく周りの友人たちが吸い始め、なんとなく差し出され、なんとなく手に取り、強い意志できっぱりやめた友人も多い中なんとなく吸い続けている。誰かが強くやめろと言わないので、惰性で吸っている。やめようかと何度か思ったのだが学校の同僚にしきりと喫煙所に誘う愛煙家がいて、その度にまあ一本と手に取ってしまう。その同僚は他に学内に喫煙者がいないので、良明に煙草をやめられては肩身が狭いのだ。

「ま、そのうち」

特に強くやめたい訳でもないので、まあいいかと良明は二本目の煙草に吸いたい訳でもないのに火をつける。

この辺り、自分の性格が大きな元凶になっていることに、このときの良明はまだ気づいていない。

「ごめーん！　待った⁉」

暗い喫茶店の入り口から、少々かん高い声が良明に投げられた。

普通なら彼女の台詞《せりふ》だが、それを投げたのは正真正銘の男だ。

「おまえは……たまには時間通りに来いよ」

「ごめんごめん！　道混んでてさ」

きゃらっと笑いながら良明の幼なじみ、倉橋裕也《くらはしひろや》は良明の隣に座った。

「なんにしよ、俺。あ、ここパフェあるじゃん。最近見ないよねえ、子どものころ大好きだったんだー。チョコパフェ一つ！」

座るなり明るい裕也を、店内の客がちらちらと気にした。別にうるさいからではない。子どものころから裕也は、何処《どこ》に行っても人目を引く容姿の持ち主だった。体も華奢《きゃしゃ》で男らしいとはとても言えないが、非常に愛らしい顔をしている。さらにまた今日も随分派手な服装をしていて、何かそれなりのお勤めなのかと他人が思うのは仕方がない。

「花柄はよせよ……いくらなんでも」

そこに来て隣の良明は、その辺の吊《つ》るしにしか見えないグレーのスーツだ。白いワイシャツの首元で少し疲れたネクタイにも、特に洒落《しゃれ》っ気はない。

あまりにもアンバランスな友人同士だとは、子どものころから学生時代にかけてずっと、言われ続けたことだった。

「なんでぇ？　かわいいじゃん」

構わず裕也は、いつものように良明の腕に絡まった。

ああそういうことかと、新宿も二丁目近くという場所柄もあって、人々は不自然なまでに二人から目を逸《そ》らす。

花柄はよせなどと余分なことを言わなければ良かったと、良明は溜息をついて額を押さえた。

実際裕也は「そう」なのだが、一応学生時代は容姿の整ったフェミニストとして女にもよくモテて、並ちょっと上程度の容姿の良明は隣でその防波堤に使われていた。だが裕也が別に便利だから良明と付き合っていた訳ではなく、自分によく懐いていることぐらいは今では良明もよくわかっている。

「……今日は、気が進まないな。いくらなんでも」

「ここまで来て何言ってんだよお。約束したじゃん！」

「約束って……おまえが強引に決めちまったんだろ？」

いつもはなんでも付き合いのいい良明なのだが、今日は本当に気が進まず、良明は思わずらしくない強い口調になってしまった。

滅多にそんな声を聞かない裕也は驚いて、大きな目を見開いて身を引いている。

「そゆこと言うの？　俺良明ちゃんにそんなこと言われたらさ……」

きれいな目を潤ませた裕也は俯《うつむ》いて、良明の肩に縋《すが》って泣き出した。

「ああもう、泣くなよこんなとこで！　わかったよ！　行くから何処にでもっ」

「本当？　良かった！」

ぱあっと花が咲いたように、裕也は微笑《ほほえ》む。

溜息をついて良明は、届けられたチョコパフェにぱくついた裕也を、頬杖《ほおづえ》をつきながら眺めた。

元々裕也と良明は、家が近所だというだけでそんなに親しい訳ではなかった。裕也は子どものころは酷《ひど》くおとなしい優等生で、時々ガキ大将につつかれたりしながらあまり社交的でもなかった。

しかし高学年に差しかかったある日、クラスの担任から休んだ裕也にプリントを届けてくれと頼まれて、良明は裕也の家を訪ねた。上にいるから上がってと裕也の母親に言われるまま二階に上がって、良明はうっかり見てしまったのだ。

姉のワンピースを着て、口紅を塗っている裕也を。

「……昔おまえ、かわいかったよな」

そこで、もうこんな姿を見られたからには生きていられない今すぐこの二階から飛んで死ぬと泣かれ、良明は裕也に取っ捕まってしまった。

今思えば、二階から飛んでも大抵の人間は死なない。

「何それ！　今はかわいくないってこと!?」

そして裕也は良明に女装姿を見て貰《もら》わないと精神が安定しない、もしかしたら明日スカートをはいて学校に行ってしまうかもしれないと良明を脅し、良明は長らく裕也の艶姿《あですがた》のたった一人の観客だった。

「そういう意味じゃなくてさ、性格だよ。しおらしかっただろ、もっと」

子どものころの裕也は神経が細くて、本当にスカートで人前に出たりしたらその神経が切れてしまうのではないかと、良明は時々本気で思った。今から来てと言われれば三軒隣なのですぐに行ったたし、泣かれればいつまでも背を撫《な》でた。

何故一度たりとも断れないのか自分は、とは度々良明も考えたがとにかく断れなかったのだから仕方がない。

すっかり裕也が居直った今となっては、裕也は腐れ縁の幼なじみだ。

「今の方がらくー」

「おまえはそうだろうけどさ」

元々見た目がいいので特に目を逸らしたいような代物でもなく、思春期のころは良明も、裕也があまりにかわいらしいのでうっかりそっちに自分が流れるのではないかと危ぶんだほどだ。元々良明は、姉妹に囲まれているせいで女性に夢を見られなかったたし、生意気な同級生の少女たちより泣いてばかりいる神経質な裕也の方がかわいかった。

そして何より、良明はとにかく状況に流されやすい。

「あ、遅刻したからここ俺奢《おご》るね」

さっさとパフェを食べあげた裕也が、伝票を持って唐突に席を立つ。

「さ、練習練習」

笑って裕也は、店を出ると指を絡めるようにして良明と手を繋《つな》いだ。

たまに女子高生に笑われたりなどして良明は溜息を深めたが、裕也の手を振り払ったりなどできない。

「ここ。お金払わなくていいからね、もちろん」

長く感じる路地裏を無言で歩いて良明が無我の境地に達したところで丁度、裕也が足を止めた。

付き合いの良い良明がそれでも躊躇《ちゅうちょ》した今日の裕也の頼みは、男しか来ない店で、良明に新しい彼氏の振りをしてくれというものだった。

「……やっぱちょっと気が重い」

「ごめん。すぐ帰るからホント」

「おまえマジでそいつと、今度こそ絶対別れるんだろうな？」

何度も念を押したことを、地下に降りる入り口の手前で良明はもう一度尋ねた。

ここ二年ほど裕也は、一人の男と付き合っている。仕事で裕也は雑誌のモデルたちのヘアメイクをしていて、そこで知り合ったモデルの男だという話だった。良明は会ったことはないが、年下の、裕也いわく勝手で独占欲が強くて強引な男で、これは裕也は言わないがどうやら暴力を振るう男だ。

時折裕也は顔に痣《あざ》や傷を作っていて、それを見る度良明は苦言を吐いていた。

「……うん。絶対」

自信が無さそうな声を、裕也は聞かせる。

何度か裕也はその男と別れたが、聞かないので他に男ができたと嘘をついたと言う。それも信じないので今日は良明がその新しい男の振りをするという段取りになったのだ。

正直なところ良明は、その新しい男の役をこなせる自信はあまりない。学芸会の芝居さえ、裏方だった。

「ごめんね、ホント。でも他の友達はみんな顔割れてるし、ならマジで付き合おうとか言い出してウザイしさ」

裕也に手を引かれて階段を降りながら、良明の溜息が重なった。

ぼちぼち男と付き合い出した高校時代から少し裕也は疎遠になったが、どうも、男の趣味があまり良くないことは透けて見えていた。見た目がいいので多分どんな男でも簡単についてくるのだろうが、裕也は安易に自分を好いてくれる男と付き合い過ぎる。

「……なんか人多いなあ、今日」

降りた店内を見回して、裕也が呟いた。

割と広いその店内は、良明が眺めても特に普通のショット・バーと何が違うでもなかった。趣味の良い音楽が大きくかかっていて、そこかしこで立ったまま客が酒を飲んで談笑している。ただ店は少々暗く、やはり客が男しかいないのは良明には不思議な景色だ。

「あれ、久しぶりじゃない。もしかしてあいつから逃げてた?」

カウンターの向こうから、少々女性的なイントネーションの高い声が投げられる。

「まあ、ね。ビール二つ」

カウンターに手を掛けた裕也に、すぐさま蓋《ふた》が開いた瓶《びん》のビールが手渡された。

「……荒れ荒れだよ、彼氏。ずっと裕也のこと捜してる」

「もう彼氏じゃないよ」

「無理なんじゃないの？　昨日も裕也と寝たやつ片っ端から殺すって、殺してたよ」

「殺してたって……」

「殺してた殺してた」

何処まで冗談なのか警告めいた声で言って、バーテンがちらと良明を見る。

「もしかして新しい彼氏？　今までのと全然違うタイプだけど」

「真面目な人と、真面目な付き合いしようと思ってさ」

「そう言えばあいつが納得すると思った？　知らないよ、大事な彼氏殺されても」

笑って、バーテンは良明に手を振った。

「……そんな」

頼んでおいてそこまでとは思わなかったのか、裕也が青ざめる。

「やっぱ、いいや良明ちゃん。帰ろ？」

「そりゃ……俺だって殺されたくはないけどさ。だけどおまえだってそいつとずるずる続ける訳には……っ」

踵《きびす》を返そうとした裕也の肩を摑《つか》んだ、その良明の腕を、いきなり誰かが捻《ひね》り上げた。

「誰だてめえ。こいつの新しい男か？」

「……痛……っ」

「ちょっと……よしてよ英二《えいじ》！　違うよっ、良明ちゃんは……っ」

英二、と裕也の呼んだ男は、振り返ると良明より背は高かったが痩《や》せていた。だが信じられないような力で、腕をねじ上げられて良明は声も出ない。見ると痩せた腕に筋肉の筋が浮き上がっていた。男は金髪で、確かに良明や裕也より随分年下に見える。

「何が良明ちゃんだてめえ。ふざけんなよ、俺捨ててこんなしょーもねーサラリーマンに走ろうっつうのかよ。ワケわかんねんだよ」

ようやく放された腕を摩《さす》ってよくよく男を見ると、良明を「しょーもねーサラリーマン」と言うだけのことはあって、英二は大層立派な容貌《ようぼう》だった。痩せ過ぎの感もあったがスタイルも良く、灰白に近い金髪も良く似合っている。

「良明ちゃんは別に……」

「裕也と付き合ってた方ですか」

真面目な性格が災いして、良明は全く場にそぐわない言葉で裕也の声を遮《さえぎ》った。

「俺たち真面目に付き合うつもりなので、申し訳ないけど裕也のことは忘れ……」

この辺で来るか、と構えた瞬間見事に英二の腕が伸びて、良明の襟首《えりくび》を摑み上げる。

殴ろうとした腕をすんでで、裕也が両手で摑んで止めた。

「違う違う！　良明ちゃんはただの幼なじみで……っ。殴らないでよ英二！」

「真面目に付き合うっつったぞ今こいつ！」

「だからそれは……っ」

必死に止めようとする裕也に、ふと、英二が勢いを無くす。

「……おまえが頼んだのかよ。俺と別れるために」

高ぶっていた英二の声が、低いところで掠れた。

「そんなおまえ、俺のこと……嫌いかよ」

「……そうじゃなくて。だって英二、俺といるようになって全然、大学行かなくなっちゃったし」

「大学生!?」

俯いた英二の肩に縋った裕也に、驚いて良明が声を上げる。

「だって、おまえもう働いてるし。メシ奢って貰ったりホテル代出して貰ったり、俺そういうの冗談じゃねえから。ヒモじゃねえんだからよ」

「だから、卒業したら今度は英二がそうしてって、言ったじゃない何度も。あとたった二年だよ？　それに今だってバイト代で色々してくれてるし、学校さえちゃんと行ってくれたら俺……」

「あっ、あと二年!?」

ということはまだ二十歳かと、男の荒《すさ》みぐあいと年の差にただ良明は驚き続けた。七つ年下の恋人は、平凡な良明の常識外だ。

「……一緒に暮らしてえんだよ。おまえすぐ他の男にちょっかいかけられるし。四六時中見張ってねえと、俺」

「そんなこと……言わないでよ。困らせないで」

ここまで来ると良明も段々馬鹿馬鹿しくなって来て、さすがに恋人役は降りさせて貰うことにした。手に残ったビールを飲んで、カウンターに寄りかかる。

「だけど今日だって、こんな冴えねえ野郎と」

「良明ちゃんのこと悪く言わないでよ」

「やっぱおまえ……っ」

「大事な幼なじみなの！　良明ちゃんはノンケ、女の子としか付き合わないよ」

「……はい、俺は幼なじみの冴えない高校教師です。今日はただ頼まれたんでついて来ました。だけど、ええと君」

なんと呼んだものかわからなくて、ぶしつけに自分を睨《にら》んでいる英二を良明は振り返った。

「殴らないでくれよ、俺の大事な幼なじみ」

「良明ちゃん……」

「時々、痣や傷作ってんの君だろ？」

「それは……こいつが何遍も、別れるって言うから」

問われて、英二が言い淀《よど》む。

「別れなきゃ殴らないんだな？　約束してよ」

「……ああ。別れるなんて言わなきゃ殴らねえよ」

言いながら英二は、強く裕也の腕を摑んで引いた。

「もう、言うなよ。マジで俺、殴ったりしねえし、学校も行くから」

言いながらカウンターに押し付けた裕也の腰を、強く抱き寄せる。

「……捨てんなよ、俺のこと」

「英……ん……っ」

人目など何も気にならないのか、英二は裕也を搔《か》き抱いて深く口づけた。

さすがに見ていられず良明は目を逸らして、間が持たず煙草に火をつける。どうせ煙草を吸っているのと変わらないくらい、この店は煙っている。何処かで空気が滞っているのだ。

「……行こ」

抱き込むように、英二は裕也の肩を摑んだ。

「でも」

「……いいよ。俺適当に帰るから」

気にして自分を振り返った裕也に、行けよと良明が手を振る。

すまなさそうにしながら、それでも裕也は英二に抱えられるようにして店を出て行った。

「……あれは、あてになんないよ」

肩を竦《すく》めて、バーテンは言った。

「学校行くってのも、殴んないっていうのも」

「俺もそう思う」

苦笑して、良明が二本目の煙草に火をつける。

もう二度と裕也を殴らないとも、あの若い男が裕也を幸福にするとも良明は思わない。本当に裕也の友人を名乗るなら、ここは何処までも引かずに止めるべきだったのかもしれない。もしかして今良明の言葉なら、裕也も聞いただろう。

「だけど、あいつの人生だしな……」

言い訳にもならないことを、良明は独りごちた。

何処までも要求にだけは応えても、干渉と詰《なじ》られるところまで踏み入らないのは、冷たさなのだと自覚はあった。せめて長い付き合いの裕也にはもう少し、ほんの少しでも誠意のある気持ちで接したかったのに、こんなときにも良明は引いてしまう。

滅多に顧みないことだけれど少し、良明は己のそういう部分に嫌気がさした。

「何？　振られた？」

不意に隣から新しいビールを差し出され、聞き覚えのない何か艶《つや》のある声を良明が聞く。

「取り返されたんだろ？　英二に、裕也」

誰か二人の知り合いなのだろうかとぼんやり思いながら、カウンターの隣にいる声の主を良明は振り返った。

振り返って、背を屈《かが》めている男の容姿の良さに驚く。

ここはそういう店なのか、考えてみれば英二も裕也も、目の前のバーテンもそこそこ見目がいい。

だがその男の容貌の整いようは突出していた。良明にはなんのブランドなのか見当もつかないが素人目にも身なりもよく、長めの髪もきれいに形が整っている。何か顔を出すような仕事をしているのだろうと、普通に良明は思った。英二とあの男を呼んだのだから、仕事仲間なのかもしれない。

「ええ、まあ」

自分と年が同じぐらいか、少し下かという感じの男に、曖昧な言葉を良明は聞かせた。

「あいつら別れないよ。俺も裕也にはちょっかい出したことあるけど、なんだかんだ言って裕也は英二がすげえ好きなんだよ。無理無理」

「……そうだな」

そう言われると少し気が楽になって、名前も知らない男に良明が笑う。

ふっと、男はその良明の笑顔を見て大きく笑んだ。

「もう一本ビール奢ろうか」

「いや……俺は酒は」

「奢らしてよ。俺もさっき振られたとこなの」

整った顔に似合わない言葉を、似合わない甘い語尾で言って、男がバーテンに指を二本見せる。

何故だか少し意味深に良明を見て、バーテンは苦い顔をしたが良明は気づかずにいた。断ることができず、飲みかけのビールの底を無理やり上げて、良明が二本目を受け取る。

「振られたもん同士、乾杯」

「どうも……ごちそうになります」

「あはは。何それ？　あんた礼儀正しいんだ」

テレビや映画を見ているように現実感のなくなる顔で、子どものように男が笑う。

「……名前、なに？」

「あ……中村《なかむら》」

ビールを二本も奢られて名乗らないのも何かと、良明は男に名字を教えた。

「下の名前だよ」

「良明」

不満そうに男がカウンターに肘《ひじ》をついて背を丸めたので、あっさり下の名前も教えてしまう。

というより良明はごく普通の男で、ナンパされた女のような警戒心など元々持ち合わせていない。

　いや、しかしまずくないかこの展開とは、胸の隅で思いはした。

　けれどこんな非常識なハンサムが自分のところにくる訳がないと、頭からその可能性を否定する。この瓶を飲み上げたら帰ろうと、良明は急いでビールを飲み進めた。

「俺の名前は聞いてくんないの？　良明」

「……名前は？」

　早速名前を呼びながら男が距離を詰めて来るのに、どうしたものかと後退《あとずさ》りしながらそれでも乞《こ》われるまま良明が名前を尋ねる。

「俺、アイ」

「アイ？」

「アイちゃんって呼んでよ」

　ふざけた男だ、揶揄《からか》われているのかと、良明は溜息をついてビールを飲み終えた。

「じゃあ俺……」

　これで帰る、と言おうとした良明の手を男が取る。

「フケよ」

「え？」

「一緒にフケよ。ここ出来上がったやつばっかでつまんないでしょ？　独りもん同士さ。今度はあんたがビール奢ってよ。ね？」

ともすれば冷たくも映るのだろう顔立ちなのに、変に人懐こく男は良明より十センチも高いところから身を屈めて顔を覗《のぞ》き込んで来る。

自分のような押し流されやすい人間でなくても、そんな顔をされて首を振れるものはきっと中々いないだろうと、潤んだ目の持つ力に良明は呆《あき》れた。

「慰めてよ。俺も慰めるからさ。もうホント、振られて参ってんの。俺」

強引に手を引かれて、今更振られていないとも言えず引きずられるようにカウンターを離れる。

振り返ると、何処か絶望的な顔をしたバーテンがもの言いたげな目をして良明を見送っていた。

「……そんでね、酷くない？　もう会わないって。別れてくれないなら死ぬしかないってさ。泣くんだよ、そいつ」

何度目か、さっきから聞いた話をまた耳にして、「それは酷いな」と、これも繰り返しになった相槌《あいづち》を良明《よしあき》は打った。

酒はあまり、と良明は男に言ったがお互い下手に強かったようで、もう一杯もう一杯と男に言われるまま飲み続け終電がなくなり、「ならあんたの部屋で飲もう」と言う男に押し切られて阿佐ケ谷《あさがや》のアパートに良明はタクシーで男を持ち帰ってしまった。

「おまえみたいなハンサムでも振られるんだな。もう忘れろよ、いくらでもいい相手が見つかるさ。ああ、もう……ビールがないな。コンビニに行かないと」

言いながらしかしいい加減酒量が限界を迎えて、自分も酩酊《めいてい》の「酩」くらいまでは来ていると良明は気づいた。

「確か……一杯飲んだら帰るって、おまえ」

狭い六畳の部屋に転がった缶と、安普請の窓を開けて風を受けている男を見て良明が呟く。

「俺んち横浜《よこはま》だよ⁉　帰れないってもう」

「だったらなんで……」

この期《ご》に及んでもまだ、良明はこの男がそういうつもりだとは思えなかった。

付き合った女たちから「なんてつまらない男」と言われ尽くした良明は、数合わせで参加させられた合コンで、美人が隣にいても何も期待しないたちの本当につまらない男で、ましてやこんなモデルのような美貌の男が自分に色気を持つなどとはかけらも思わない。

「泊めてよ」

なのでそう言って男が膝《ひざ》を寄せて来ても、そうか宿が欲しかったのかとしか良明は思わなかった。

「そうだな。もう寝るか」

よろり、と畳から立って良明は、押し入れを開けて今朝寝たまま畳んだ布団をそのまま取り出した。

「客用の布団がなくて……俺もここは寝るだけの部屋だから。夏だし、上掛けと敷布団分けて寝ればいいか」

言葉の通りここは、なんのおもしろみもない1Kの普通の間取りのアパートだった。四畳半のキッチンに、六畳の和室が一つ、バストイレという独身者お定まりの間取りだ。実は割と裕福な実家がすぐ近くにあって、余分な本や衣料を良明は実家に預けられるのでこの間取りで充分暮らせていた。

だが窓辺の男にはこの部屋も万年床も、本当に似合わない。

背丈もはみ出るだろうからせめて敷布団の方に寝かせてやるかと、良明はシーツを整えた。

「掛けるもの、タオルケットぐらいしかないけど……」

それにしても見知らぬ男と飲んだ揚げ句泊めることになろうとはと、やはり多少は裕也を恨む。男との別れ話を男の口から聞くのも、良明には裕也一人で定員一杯だ。

「いらないよ、掛けるものなんか」

「……っ……」

シーツを直しているところを、いきなり後ろから抱きすくめられて、良明は息を飲んだ。

「ちょっ……」

「あんた見かけによらず即物的なんだね。いきなり布団敷いてじゃあもうやろうかなんてさ。俺あんまりそういうことしないんだよ、普段」

「ま……待て。俺もしない。全然しない。そうじゃなくて……っ」

突然の展開に、良明は慌てふためいて身を捩《よじ》った。

勢い、良明の体が後ろに倒れて、仰向けに男を見上げる羽目になる。

「でも、まああんたならいいや。すげえ好みのタイプだし」

「泊めてくれっておまえが言ったから、布団を敷いただけなんだよ！」

「泊まっていいってことは、そういうことだろ？　普段はしないのに、俺だけ特別なの？　なんかめちゃくちゃ嬉《うれ》しくなって来た」

男女の別なく抗《あらが》い難いのだろう目で、男は良明に顔を寄せた。

「よしなさい」

冷静にならなくてはと思いながらなれるはずもなく、それでも良明にしては珍しくきっぱりした声で男を止める。

「……なんだよ、学校の先生みたいだな」

胸を押し返されて、男は不服そうに唇を尖《とが》らせた。

そうだその通り自分は高校教師だと良明は言いたかったが、酒で舌が回らない。

「はは……なんか好き。そういう言い方」

けれどすぐに、子どものように笑い出して良明の肩に倒れ込んだ。

「命令とかされんの大好き。なんか言って。ああしろとかこうしろとか言ってみて」

「ふざけた訳じゃないよ」

「もっと言って」

じゃれていると誤解してか、肩を摑んで男は良明に口づけようとした。

その唇を、すんでで良明が掌《てのひら》で遮る。

裕也《ひろや》と二十年近く付き合って来た良明だが、男と口づけたことは一度もないし、裕也以外とそういうことを想像してみたこともなかった。だいたい裕也は、良明の中で男という範疇《はんちゅう》から少し外れる。

だが今現在良明の上に乗っているこの男は、何処をどうひっくりかえしても男だ。

「……放しなさい」

顎《あご》を押しても肩から退かない男に、溜息交じりに良明が告げる。

一瞬、何故だか男は泣き出しそうな顔をして見せた。

「……まさか、今更そうじゃないなんて言わないよな？　あの店にいたんだから、ゲイなんだろ？」

「ええと」

　ここまで男の言葉に適当な相槌を打ちまくった良明としては、まさか今更女としか付き合ったことがないとは言い出せない。こういうことを概《おおむ》ね人は嘘と呼び咎《とが》めることを、嘘に流れることにも慣れている良明は気づいていない。

　凡庸な暮らしのせいで、特別痛い目にもまだあっていないのも、それに気づかない一因だった。

「そうは、そうなんだけど、だけど」

　さてなんて言ったものかと、良明が髪を掻《か》く。

「だから、裕也に振られたばっかりだし」

「だから、俺が慰めてやるってば。慰めっこしよ？　ね？」

　元の話に返って逃げようとして、良明は深みに嵌《は》まった。

「今日はいいよ。疲れたし、な？」

「今日慰めて欲しいんだよ……だって俺、泣いておまえなんかいらないって言われて」

　でかい図体で良明の肩のところで、男が蹲《うずくま》る。

「いらないってさ。そんなこと言われたことある？　すげえショックだよ。死にたいよもう」

　子どものように丸くなろうとする男が憐れで、つい、良明はその髪を撫でてやってしまった。

自分はゲイではないけれど、何処の誰がこんな男に向かってそんなことが言えるのかと、不思議に思う。それは男の容姿が整っているからという意味では、なかった。

肩にしがみつく指が、長いのにまるで赤ん坊のようで。

髪を撫でた良明の腕の下から、手を伸ばして男も良明の髪を撫でた。

あまり、嫌ではないと良明は思った。

そうして今日、自分が少し落ち込んでいることを思い出す。裕也を止めなかったこと、一番長い付き合いの大切な友人なのに、それでも自分の精一杯があまりにもささやかで、適当でやり切れなくなったこと。

それでも多分この性格は、直りそうもないことと。

「……ん……」

流れで口づけられて、良明はとにかく直らない、ということは改めて思い知った。

深く唇を合わせられて舌を追われ、逃げようとしたけれど男の舌が唇の裏を嘗《な》めて時折歯を立てるのに、力が抜けて息が上がる。

自分がつまらない男と言われるもう一つの訳を、良明は二十七にして思い知る羽目になった。

こんなキスを、良明は知らない。唇を合わせて微《かす》かに舌を絡めればそれが口づけだと、良明は思っていた。

「ん……っ……」

何か男に自分が感情がある訳でもないのに、背が痺《しび》れて腹の底が灼《や》けるようになる。

勢い、女がそうするように良明は男の背にしがみついていた。

けれど男の唇が耳を食《は》んで初めて、自分にとっては情交と言ってもいい口づけを男に許してしまったのだと気づいて胸を押し返す。

いつの間にか男が開いたワイシャツの襟を掻き合わせて、良明は肩を上げた。

「本当に、よせって」

「……マジで、俺好みじゃない？」

さっきの、泣きそうな顔を、また男が見せる。

何も恐れるものなどないように良明には見える瞳で、男は縋るように良明を追った。

「俺、やだ？　俺じゃだめ？」

その聞き方は、良明にとって大きな禁じ手だった。

そんな風に聞かれて、かつて良明はいかなるときどんなことでも、駄目と言えた例しがない。

「……やなら、言って。やめるから。言って」

しがみつくように、男は良明を抱いた。

良明がびくりと身を引くと、何か鍛えているのかきれいに筋の浮いた長い腕は急に、無理をして力を緩める。

ただ大きな生き物が一生懸命小さな生き物を傷つけまいと頑張っているようで、なんだかその姿はやり切れなかった。ほんの少し、良明の胸が絞られるように痛む。

信じられないことだけれど気づくと自分から、良明は青年の額に口づけていた。

「……あ」

唇で額に触れられて、男の頬が大きく綻《ほころ》ぶ。

「すげえ嬉しい」

お菓子を貰った小さな子どものように、男は笑った。

もう、こうなると良明は決して嫌だとは言えない。

男がシャツを脱ぎ捨てて、均整の取れた美しく隆起する肉体を曝《さら》すのを眺めながら、しっかしいくらなんでもこんなことまで嫌だと言えない人間だとは自分でも思わなんだと、良明は吐き慣れた溜息をシーツに落とした。

「……やればやれるもんなんだな……人間どんなことでも……」

眩《まぶ》しい昼の日差しに顔を顰《しか》めて、カーテンも窓も開けっ放しだったことに良明《よしあき》はようやく、気づいた。

ようやくというのは、信じ難いことがおっぱじまった揚げ句に成し遂げてしまい自分が気絶して目を覚まし、ようやくというところである。

あまりのことにいい年をして泣いたのかなんなのか中々開かない目をこじ開けて、良明は隣で自分を抱いて放さない男の顔を見た。

昼の光の中でも、充分過ぎるほど整った顔をまじまじと眺める。夜に思ったよりは、若いのかもしれない。そして男だろうが女だろうがこんな顔をした恋人を振る相手がいるとは、やはりどう考えても思えない。

「百戦錬磨の手管に引っ掛かったのか……俺。しかしテクニックは恐ろしいな。あんな……」

引っ越さなければなるまい、と良明はシーツに顔を埋めてたっぷりと落ち込んだ。

聞いたこともないような声が耳に残っているが、あれは間違いなく自分の声だ。

せめてさっさと起きてシャワーでも浴びて涼しい顔をしたい、と、まだ縋りついてくる手を振り払って体を起こし、肌の痛みに良明は再びシーツに倒れた。

「あいたた……ああ、こりゃひでー」

剝《は》がされたシャツとシーツに、鮮血が乾いている。

足の内側にも血が乾いて、最中には痛いだけではなかったがあんな真似《まね》をしてただで済む訳ではないことを良明は知った。

「ん……もう起きたの？」

「おまえはもう少し寝てろ」

身を捩って目を擦《こす》った男に、この惨状を見られたくはなくて良明が顔を向こうに押しやる。

「え……何これ」

けれど男は体を起こして、真昼の日の中の血に目を剝《む》いた。

「……ごめん、俺。やさしくしたつもりだったんだけど、酷かった？　痛かっただろ？　なんで言わなかったんだよ」

「いや、その、おまえはご丁寧だったよ……って途中で俺もわけわかんなくなったけど。ただその、俺が言わなかったから」

とにかく男のせいではないとは思ったが、言いようがなく曖昧に良明が言葉をぼかす。

「何を？」

言わなかったこと、を、男が尋ねた。

「……だから、慣れてないから。俺が」

「もしかして、ここまでしたことなかったってこと？」

昨日の、何度か見た泣きそうな顔で、男が問う。それが男の決まったねだり顔なのかもしれないと、良明は自業自得とはいえ段々取り返しのつかないものに引っ掛かった気持ちがして来た。

「ここまでも何も」

「え？　なんも、したことなかったの？　マジで!?　だったらなんで……っ」

「いや、言わなかったの俺だから」

「なんで、そんで俺なんかにやらしちゃったの？」

起き上がって、顔に似合わず心底すまなさそうに、男が良明を見つめる。

男の言葉に、投げやりな言い方を悔やむ他はなくて、溜息をついて良明は男の髪をくしゃくしゃにした。

「……そんな言い方、よしなさい」

こういうときこんな口調になるのは職業病だと己で呆れながら、髪から手を放す。

「別に、いやじゃなかったよ」

言いながら、これは嘘だと、良明は思った。

でも彼が泣きそうな顔をするから、嫌だったとは言えない。

「悪いけど先にシャワー使うよ」

早く後始末をしたくて、良明はシーツを引きずって下半身にまといながら、床を離れた。

台所の横にある脱衣所の洗濯機にシーツを放り込んで、シャワーを捻る。熱いお湯があらぬところに染みて動けないでいると、玄関が開いて、閉まる音が聞こえた。

「ま……そんなもんだろ」

居られてもこの後困ったと、さっさと逃げてくれたことに良明はほっとした。

とんでもないことをしてしまった感は拭《ぬぐ》えなかったが、どうせ自分はなんでもすぐ忘れると思い直す。

大抵のことは、儘《まま》ならなくても気にならないたちだ。

だからこういうことになったのだというこ とには、それでもまだまだ良明は気づかない。


「せんせーさよーならー」

「酒はほどほどにしろよ!」

二人乗りをした制服姿のカップルが、俯いて校門を出た良明《よしあき》の背中を叩《たた》いて行った。

「……二人乗りは……よしなさい……」

その衝撃が腰に響いてしゃがみこみたくなりながらも、一応見かけたら注意しろと生活指導の方から言われていることを、良明が口にする。

だが生徒たちの姿はもう見えない。

「……精神的ダメージはもとより、肉体的ダメージもまだまだでかい……」

日曜だった昨日一日たっぷりへこんだはずだったのだが、大抵のことは翌日に持ち越さない良明も、さすがに腰が痛むせいで月曜の今日も落ち込んでいた。

　まあそれでも、この痛みが薄れればあの整った顔もしでかしたこともきれいさっぱり忘れるだろうと、良明は高をくくっている。

「日曜は飲むなよ、中村《なかむら》ー」

「先生と言いなさい。気をつけてな」

　男子生徒たちが二日酔いを揶揄いながら、やはり自転車で過ぎ去って行った。

　あまり生徒に干渉しないので逆に、良明は教師という身でありながら生徒たちから気軽に声をかけられている。

　良明の方も、気軽と言えば気軽過ぎるぐらい、彼らのことが気にならなかった。

　意外に、こういう性格に教師という仕事は向いている。

　人それぞれ言い分はあるだろうが、教師というのは忘れて行く職業だと、良明は思っていた。

　毎年同じ年齢の、同じような悩みを抱えた、同じように手に負えない生徒に同じような授業。忘れられない生徒、というものが五年も教師をしていて一人もいないのだから、自分は良い教師とは言えないのだろうとは良明も思いはした。だから特別大きな苦痛を誰と分け合うこともなく、なんとなく良明は働いている。

「あ」

　アパートへの角を曲がったところで、良明は見知った顔を階段に見つけて足を止めた。

「どうした、裕也《ひろや》」

いつもより少し地味な格好をした裕也が、座り込んで良明を待っている。

「もー！　ホントいい加減携帯持ってくんないと怒るよ!?」

「悪い悪い。そのうちな」

「ま……わかるけどね。良明ちゃん最後の砦《とりで》でしょ」

ぼやきながら裕也は、それ以上は責めずに立ち上がった。

「携帯なんか持ったら自分の時間なんかなくなっちゃうもんね。良明ちゃんの性格からいくと」

「まあ、な」

長い付き合いだけあって、携帯を持て携帯を持てと言いながら裕也は実際持たない方がいいとは思ってくれているようで、苦笑しながら良明は一緒に二階への階段を上がった。

何度か持ったことがあるのだが、彼女や家族に「何故出ない」と責められると良明は夜中でも携帯を切れない。そして深夜に今から来てと言われれば行かずに済ませられる良明でもなく、よって携帯があると良明の生活はあっと言う間に崩壊するのだ。

「でも新しい彼女できたら持ちなね」

「携帯持ってないと彼女ってできないの、知ってたか？」

これも本当の話で、携帯がないと今時人との連絡はあっさり途絶えてしまう。

今は結局こうして裕也が足で会いに来てくれたり部屋の電話に電話をくれたりするので、逆に裕也のためだけに携帯を持つべきかとも良明は時折思った。裕也は決して、良明の職場には近づかない。そういう裕也は、少し切ない。

「そんなの当たり前。でも良明ちゃんもいい加減身を固めてよ……」

鍵《かぎ》を開けている良明に、裕也は今まで聞いたこともないようなことを突然言い出した。

「なんだよいきなり」

「なんか心配になってきちゃってさ」

「そんなのこっちの台詞だ」

「うん……一昨日はごめん。だから、謝りに来たの。今日は」

「そんなことはいいけど……」

話しながら、裕也もこの部屋は勝手知ったる部屋で、靴を脱いで真っすぐ台所に向かう。手にスーパーの袋を持っていたので何か作ってくれるのだろうと、良明もわかっていて着替えに部屋に入った。

昨日の夕方になって洗った洗濯物は乾いていたが、シャツの方は血が落ち切っていない。洗うのが遅かったと諦《あきら》めて、良明は無造作にシャツをゴミ箱に放った。

シーツの方はなんとか漂白剤が効いたようで、白くはためいている。触るところも完全に乾いていて、取り込んで良明は適当に丸めた。

「焼きうどんにした」

「おー。いい匂いだな」

何にする？　と聞いても良明が「なんでもいい」と答えることを裕也は思い知っていて、出来上がったものを小さな飯台に運ぶ。

まだ日が高かったが、裕也はビールの缶を二つ並べた。

「おまえ仕事は？」

「んー。英二《えいじ》のこと避けてて仕事減らしちゃって、今立て直し中。信頼無くしちゃったところもあって、痛いや。新しい仕事取らないと」

「職場恋愛はそういうとこきついな」

「なんかでも俺、別に人の髪いじったり化粧したりするの好きな訳じゃないんだよね。最近気づいたんだけど」

「そうなのか？」

「ただセンスがあるだけでさ、働くのもそんなに好きじゃないや。ああいうとこだと結構変な親父にせまられたりするし、かといって俺みたいなのがサラリーマンとかも無理だしさ。どーしよ。……乾杯」

座り込んで裕也は、愚痴とも言えないようなことを言ってビールを開ける。

「そりゃ大変だな」

「でも働かない訳しかないしねえ」

「おまえが女ならな……」

「嫁に貰ってくれた？」

「だろうな」

　手先が器用なことと関係があるのかいつ何を食べてもきれいでおいしい裕也の料理に手をつけながら、短絡的なことを良明は言った。

「だろうねえ……こういう状況になってさ、俺が女で。お嫁にしてよ！　って言ったら絶対良明ちゃん駄目って言えないもんね」

　呆れ返ったように、裕也がビールを含む。

「……誰でもいいってもんでもないよ」

「あ、そう。ところで良明ちゃんの仕事はど？」

「普通だよ。いつもと同じ」

「ふうん」

　白いシャツの喉元《のどもと》を緩めた良明に、箸《はし》を割って裕也は一時考え込んでいた。

「良明ちゃんお勉強できたよねえ」

　焼きうどんを啜《すす》りながら、不意に裕也がそんなことを言う。

「なんだよ急に」

「中村《なかむら》さんちの人々みんな賢かったけど、良明ちゃんもかなりな優等生だったじゃない？」

「おまえだって勉強できただろ」

「まあ、だから高校まで良明ちゃんと同じとこ行けたんだけどさ。俺的にはあの高校行くの結構きつかったな。でも良明ちゃんとおんなじ学校行きたかったからさ……ってそんなことはどうでもいいんだけど。良明ちゃんなんで弁護士になんなかったの？」

良く聞かれることだが裕也の口からはあまり聞いたことのない台詞に、良明はうどんを食べ上げかけていた手を止めた。

「なんでって」

「だってお母さん法律事務所やってて、お姉さん検事だっけ？　そんで双子の妹の麻矢《まや》ちゃんは弁護士さんになってさ。でも良明ちゃんだって頑張れば受かったでしょ、しほーしけん。だっけ？」

裕也の言う通り、良明の家は法律一家だった。母は新宿に大きな弁護士事務所を構え、子どものころから母と口一つで戦い続けた姉はなるべくして検事になった。そして良明の頭を踏み付けるように生まれ出でた双子の妹麻矢は、弁護士になって母親の事務所の稼ぎ頭になっていた。

何故ご長男だけ、とは教師になってから言われ続けたことだ。一応良明も大学までは母親のレールに従って、法学部に行っている。

「受かったって俺は弁護士にはなれないよ……」

「なんで」

「おまえテレビとかで見たことないのか？　弁護士だの検事だのっていうのは、絶対にイエスって言わない生き物なんだぞ？　俺んちの中、どうなってるか知ってるだろ」

長く深く重い溜息をついて、良明はビールに手を伸ばした。

「……すごいよね、良明ちゃんち。なんか子どものころとか迎えに行くと外まで聞こえたよ、お母さんとお姉さん麻矢ちゃんの大ゲンカ」

「本人たちいわくあれは喧嘩《けんか》じゃなくて議論なんだそうだ。内容に問わず言い勝った人間が勝ちなんだそうだ。だから言いたいこと言い終わるとみんなけろっとしたもんで。それでこそ法廷に集い戦うものよ、というのがお袋の口癖で」

子どものころから、中村家の食卓はいつも疑似法廷で、良明は食事の度にどんどん無口に磨きがかかった。一言口を挟《はさ》もうものなら、三方から集中砲火を浴びる。しかも全員が違う意見を一度に喋《しゃべ》る。それを一度に聞けと三人の女たちはむちゃくちゃを言う。黙り続ければ黙り続けたで、自分がない社会を変える気のない最低の人間だと罵《ののし》られる。

「俺には無理な仕事だと、かなり早い段階で思い知った。親父に似たんだ俺は。無口な人で……そんでもストレスだったのかなんなのか早死にしちまったけどな」

自分は死にたくないので、大学入学と同時に良明は家を出た。

あの議論というやつを聞いていると時々立ち上がって叫び出しそうになるが、良明はまだ一度もしたことがない。銃弾の前に飛び出すような行為だとわかっている。

「……だね。でもだからってなんで教師なの？　良明ちゃんぐらい勉強できたらなんだって」

「おまえは早くから今の仕事したかったからわからないだろうけど、勉強しかできないやつができる仕事ってかなり少ないんだよ。それに俺はとにかく切磋琢磨《せっさたくま》とかそういうもんが駄目で」

「絶対人と争ったりしないもんね、良明ちゃん。……麻矢ちゃんのせい？」

らしくなく声のトーンを落として、遠慮がちに裕也は聞いた。

「わからない」

人のせいにすることに良明はあまりに慣れていて、ここはもっとも頷《うなず》きたいところだった。けれど何故だか、躊躇《ためら》ってできない。

双子なのに何も似ていない妹の顔を、ぼんやりと良明は思い浮かべた。いつでも彼女は忙しく、実家に寄ることはあっても最近ちゃんと顔を見ていない。

いや、同じ時に同じ産道を通って生まれ出でたというのにこの二十七年間、自分はちゃんと妹を見たことも話したこともないのではないかと、不意に良明は思った。

「……昨日はごめんな、裕也。もうちょっとちゃんと、止めれば良かったな」

ふと、その妹に始まって、良明は誰のこともちゃんと見ていない気がした。

「なんでなんで？　俺の方こそごめん、あんなこと頼んでおいて結局……」

「大丈夫なのか？　あいつ」

せめて裕也のことはと、今更思い直す。

「殴られたりしてないか」

何故だろう、一昨日まではそんなにこんな自分も悪くないような気がしていたのに。

多分それは、今も腰が痛いから多少は懲《こ》りたのだと。良明はそう解釈した。

「今んとこ」

そして裕也が自分の見えないところで危うげな男に良いようにされているのを、見てしまったからなのかもしれないとも思う。目に映る以外の裕也の、笑顔の向こうに隠れた部分を、良明はわかっていて見ないようにしていた。

面倒だからだ。

「また同じことになったら、言えよ」

「もう迷惑かけらんないよ」

「いいから」

「だって……なんかさ、既に俺」

ふっと、口調を変えて裕也は大きな溜息をついた。

「取り返しのつかない迷惑、良明ちゃんにかけた気がするんだけど……」

「……え？」

両膝を抱えて、見たくなさそうにちらと、裕也が無造作に丸められたシーツを眺める。

「ねえ」

それでもまだ裕也は眉間《みけん》を押さえて、聞きたくはなさそうだ。

「一昨日、アイといなくなったって聞いたんだけど……カズくんに。あの、バーテンの子ね」

「……っ……」

それが今日の裕也の本題だったことに初めて気づいて、もう意図的に記憶の消去に入っていた良明は、飲み上げようとしたビールを吹いた。

「うわ、マジなんだ。まーたなんだってそんなタチの悪いのにひっかかっちゃったんだよ！」

黙り込んだ良明に答えを知ったのか、絶望して裕也が髪を掻き毟《むし》る。

「やっちゃってないよね？　まさかやらしてないよね？」

「病気とか……持ってんのか？」

畳に両手をついて裕也がにじり寄るのに身を引いて、その勢いに良明も青ざめた。

「ナニそれ！　偏見!?　怒るよ！」

「そうじゃなくて、そんなに心配するから」

「ああ……そうだよね、ごめんごめん。てゆーか、本当に？　マジでやらしちゃったの？　何処まで？」

「よく……覚えて……」

「覚えてないことにしたいんだ？　ゴム使った？　一応みんな気をつけてるけど、アイは結構相手の数が多いから確かにそこも心配なことは心配なんだよね。……ああもう、信じらんない！　何やってんだよ良明ちゃん!!　誰でもいいワケ!?」

残暑の空を眺める開けっ放しの窓から、興奮した裕也のよく通る声が響く。

「……いよいよ引っ越しだ」

「何がっ。……って、そうだね。引っ越しな、今すぐ。今だよ今、そうじゃないとアイ……だってここ泊まったんでしょ？」

もう一度裕也は、憎々しげにシーツを振り返った。

「……泊まった。だけど相手が多いんだろ？　酒の勢いみたいだったし、もう来ないだろ。向こうだって忘れたいさ」

「甘い」

ほとんど良明の膝に乗り上げる格好で、厳しい顔で裕也が首を振る。

「アイは病気なんだよ。治せる病気ならまだいい」

「……え？」

厳かに呟いた裕也に、良明はさすがに青ざめた。

「ああ、違う違う。いやわかんないけど。そうじゃなくて」

そういう意味ではないと、慌てて裕也が手を振る。

「ココロのヤマイ」

両手で顔を覆って、大きな溜息をまた裕也が落とした。

このときもちろんまだ良明には、その病がどんな深く重いものなのかわかろうはずもない。


マジで引っ越して、と言い残して裕也《ひろや》は英二《えいじ》からの繰り返しのコールに音を上げて出掛けて行った。

「……そりゃ、引っ越す気だけど。俺も」

大学時代から、まあいいかで九年住んだアパートの天井を、ぼんやりと良明《よしあき》が見上げる。

長く住んだ割に特に愛着はない。

「取り敢《あ》えず大家に言っておくか。それから部屋探し……面倒だな」

今すぐにでも荷物をまとめて実家に帰れと裕也に言われたが、実家の女たちに囲まれて過ごせる限度は三日だ。

それに裕也の言葉は軽はずみな真似《まね》をした自分への脅しだろうと、良明は思っていた。あの男も酔っていて、見境をなくしたのだ。いくらでも他に良い相手がいるだろうに、自分のところにまた来たりはしない。

「……っ……」

だろう、と思いながら無造作にドアを開けて、良明は思いきり息を飲んだ。

夜も更けた廊下に、まさにその男が立ち尽くしている。

「おまえ……」

「うわっ、すげえ嬉《うれ》しい！　俺さ、今呼び鈴押そうかどうしようか迷って。だってこないだすごい迷惑かけちゃって。だけどそっちから開けてくれるなんて……運命かな？　これって運命!?」

一言良明が呟《つぶや》く間に早口に言って、男はいきなりアパートの廊下で良明を抱き締めた。

「すっげ会いたかったー！　ありがと開けてくれて」

「そういうつもりじゃ……」

「……どうも」

ない、と言おうとした良明の横を、隣のサラリーマンが困り果てたように目を逸《そ》らしながら通り過ぎて行く。

「……引っ越しだ」

「え？　なに？　一緒に住む？　俺と住む？　俺ね、なんでもできるよ。皿も洗うしメシも作るし、洗濯もする掃除もするし」

もう良明が自分のためにドアを開けてくれたものと決めてかかった男は、体躯《たいく》の良さに任せて部屋に良明を抱いたまま一歩足を踏み入れた。

「待て、ちょっと待ってくれ。俺はそんなつもりでドアを開けたんじゃなくて」

ここは踏ん張りどころだ、生まれて初めて言い勝たなくてはならない場面だと、混乱しながらも良明が息を飲む。

「出掛けるとこだった？」

「そう……だ。だから」

「そしたら俺待ってるよ。用事終わんの」

ドアに手を掛けて男は、不自由なくらい大きな背を屈《かが》めて良明にキスをしようとした。

慌てて、肩を押し返して良明が身を引く。勢い良明の背がドアに当たって、大きな音を立てた。

「……もしかして、すごい迷惑？」

「いや……すごいってほどの、もんじゃ」

いや実際、さっきから下の住人にまで見上げられて、すごい迷惑も通り越しているのだが、弱い声で問われて良明の声も萎《しぼ》んでしまう。

「そしたら、帰んないと駄目？　俺」

「そうだ。帰りなさい」

「……好き。その先生みたいな喋《しゃべ》り方」

悲しそうに笑って、男は手にしていた包みを良明に差し出した。

「これ」

丁寧にラッピングされた包みにはきれいなリボンと花が施してあって、まるで女性への贈り物のように見える。

「こないだ、シャツだいなしにしちゃったから。お詫《わ》び。開けてみて」

「いいよ、あんな安物のシャツ」

「開けて」

乞《こ》われて、仕方なく良明は言われるままにリボンを解いた。

中から、酷《ひど》く鮮やかな浅葱《あさぎ》色のシャツが現れる。

色の美しさに、良明は一瞬言葉を失った。モノトーンしか着ない良明は決して選ばない色だが、肌に当てると自分のために彼が選んだことがわかってしまう。

「ねえ」

シャツを見て黙り込んでいる良明の額に、赤ん坊がするように男は額を擦《す》り寄せた。

「入れてよ。部屋」

男だろうが女だろうが、これだけ整った顔を近づけられると人は我を失うと、良明は特に知りたくもなかったそんなことを初めて知った。

しかしここで入れたら多分取り返しのつかないことになる。今でさえ充分取り返しなんかつかないのに、これ以上何が返らなくなるのかという気もするがとにかく絶対入れる訳には行かない。

今更自分はゲイじゃないなんてとても言えないし、二度目があったら三度目を断る理由を探すなんてことは良明には到底無理だ。

「申し訳ないんだけど……今日は」

「もう」

俯《うつむ》いたまま断ろうと意を決した良明の肩に、男は顔を蹲《うずくま》らせた。

「俺になんか会いたくもなかった？」

背を屈めて、男は上目遣いに良明の顔を覗《のぞ》き込んでくる。

「ごめん。本当にごめん。あんな怪我《けが》させるつもりなかったんだよ……ごめん」

「それは……わかってるけど」

夜目に、微《かす》かに目が潤んで揺れて見えた。本当にたちが悪い顔だと思う。整って精悍《せいかん》そうなのに、小さな子どものようにふっと変わる。

昔拾えなかった、子犬の目だと、良明は思った。

くうんと鳴いて、段ボールの中から良明を見ていた。目が一度合ってしまったら、何処《どこ》までも何処までも良明を追って来た。片親になってしまった母親が酷く忙しくて、飼うことが許されないのはわかっていた。小学校低学年だったが、そのとき良明は既に人に抗《あらが》わない人間性が染み付いていて。

頷《うなず》いてしまったことに溜息《ためいき》をついても、そんなに悔いることもあまりなかった。人に逆らわず生きるのは、元々そんなに主体性のない良明のような人間には、他人が想像するより楽だ。

それでも、あの子犬に触れてもみなかったことは、今でも良明の中に大きな楔《くさび》のように残っていた。

濡《ぬ》れて寒そうだった。抱いてやれば良かった。一度も母親に問わなかったのは何故《なぜ》だろう。何もしてやらなかった自分は、どんな人間なのか。

「ならなんで駄目？　俺嫌われちゃった？　何がやだった？　直すから、なんでも言って。なんでも良明の言う通りにするから」

全身で男は、良明にしがみつく。

「中に入れてよ」

声が掠《かす》れて、消えた。

溜息をついて、良明は男の艶《つや》やかな髪を抱いた。

本当に、たちが悪い子犬だ。野犬だけど子犬の目だ。

「……入りな」

やってしまった、と、もう後悔していたが呟いた瞬間には男の体が全部部屋の中に入ってドアがしまった。

「……っ……」

壁に良明は腰を打って、思わず悲鳴が漏《も》れる。

「……ごめん。まだ、痛い？　あんなに血ー出て……痛いよね。ごめん俺、薬とか買わなきゃって思ったんだけど貧血起こしちゃって。昨日。ごめんね一人にして」

「そんなに、たいしたことないよ」

あーあ何言ってんだ俺っ、と胸のうちで良明は叫んだが、声にも表情にもならない。

「今日はなんもしない」

ゆるく、男は良明を抱いた。

「なんもしないで、抱っこして寝てあげるから」

泊まるつもりなのか、と良明の口元から溜息が漏れる。

こういうときの良くない口癖で、良明は小さく「神様」と会ったこともないものに呼びかけていた。ちなみに神様が一度も助けてくれたことがないことには、良明はまだ気がついていない。

とにかくそれほどの痛い目を見たことがなかったのだ。昨日まで。

結局抱っこして寝てあげたのは良明《よしあき》の方だった。

同じ布団に入った夜中、男は寝付きもよく眠りも深かったが、ちょっとでも良明が動くと全身でしがみついて来て、何処かを掴《つか》んで放さない。

まるで赤ん坊だと思いながら結局最後には、自分より大きな男を良明は胸に抱いて眠る羽目になった。

「……おはよ」

しかし寝起きからきれいな顔だ、と観賞価値のある男の顔をぼんやりと朝日の中に眺めていると、うっすらと男が目を開けてはにかみながら言った。

「すっげえ、気持ち良かったー。なんか俺、こんなに気持ち良く眠れることってないよ。セックスもしてないのにさ」

「……そりゃ何より。朝メシ食うか？」

起きてしまうと同じ布団で向き合っているのはいたたまれなくて、良明は起き上がろうとした。

だが男に腕を引かれ、胸にしがみつかれる。

「仕事？」

「そうだよ。そろそろ行かないと」

「そろそろってどのぐらい？　もう少しだけこうしてて」

「……少しだぞ？」

ちらと時計を見て、良明は仕方なく胸元の髪を抱いた。

昨日何度も繰り返した仕草なので、つい癖のようになってしまったのだ。

「良明はなんの仕事の人？」

「んー？」

なんだか必要以上のことを教えるのは得策でない気がしたが、それより二度も泊めたこの男のことを自分が何も知らないのも大問題なのかもしれないと、今頃良明が気づく。

「本当は名前、なんて言うんだ？　おまえ」

「アイ」

「だからそれは、あだ名かなんかなんだろ？」

問いかけた良明に、中々男は口を割らない。

「いやならいいけど」

「そんなことないよ！　俺あんたにはなんでも知って欲しいよ！　でもさ……聞くとみんな笑うから」

「名前を?」

「うん」

「笑ったりしないよ」

教師という仕事柄、そんなことはあり得ないと、良明は首を振った。

「ホントに?　笑わない?」

「笑わない」

真顔で言った良明に、布団に肘《ひじ》をついて男が体を起こす。

「田中《たなか》」

額を合わせて、苦笑しながら男は口を開いた。

「……意外に平凡な名字だな。下は?」

額を合わせられたまま、続きを良明が尋ねる。

やはり少しの間を、男は置いた。

「愛一郎《あいいちろう》。愛情の愛に、普通の一郎」

言いながらどさりと、男が良明の上に落ちる。

「……本当に?　ホストの源氏名かなんかなのか?」

「ひでえ」

「ごめんごめん……珍しい名前だからつい」

「正真正銘、親が付けた名前」

「いい名前じゃないか」

せめてもの詫びに、思ってもいないことを良明は言った。

「本当？　みんな笑うんだよ絶対。あんた本当に笑わなかったね」

「おかしくない、別に。良い名前だよ」

段々と罪悪感が大きくなって来たが、良明は自らどんどん深みを踏み締める。

「朝ごはん、俺作る」

「いいよ」

「作る。……離れたくないけど起きよ！　冷蔵庫開けていい？」

「ああ」

本当に無理やり踏ん切ったように、愛一郎は跳ね起きた。

台所に駆けて、鼻歌を歌いながら冷蔵庫の中身を検分している。なんでもできると言ったのは嘘ではないのか、手際よく愛一郎は朝食の支度を始めた。

ならせめてそこは甘えて着替えさせて貰《もら》うかと、良明がタオルを取る。

「……ねえ」

洗面所に向かう良明に、卵を溶いていた愛一郎が声を投げた。

「また来ていい？」

俯いて愛一郎は、真っすぐ良明を見ない。

「駄目?」

だから困り果てた良明の顔に気づかないまま、愛一郎の声は掠れた。

言うのか。

言うのか自分は。かまわないよと言ってしまうのかと、良明の小さな心の声もかつてない大騒ぎをする。

よせやめろ今度こそ駄目だと言えと、声は聞こえても所詮《しょせん》主張の小さな自分の声だ。

「いいよ」

死ね俺、と洗面所のドアに額を打ち当てながら、良明はそれでもはっきりと愛一郎に答えてしまった。

「なんかめちゃくちゃ忙しい小学校教師の母親が、古本屋で買った怪しい名前辞典の、しかも索引の一番ど頭にあった名前をつけたって話よ……」

なんかこないだまで普通にここで一人で暮らしてたよなあ俺、と。

どう見ても堅気でない身奇麗な成人男子が二人並ぶ自分のちゃぶ台を、ぼんやりと良明《よしあき》は眺めた。

「愛一郎《あいいちろう》、あ、い、い。でしょ？　一番頭にあるわけ。それつけちゃった」

「普通つけないよねえ。かわいそ、アイ」

女子高生のように仲睦《なかむつ》まじくそんな話を自分に聞かせるのは、いつもの裕也《ひろや》と、何故か裕也が連れて来た立派なオカマだ。

どの辺が立派かというと、十人が十人「あ、オカマだ」と振り返るぐらい立派なオカマだということで、この二人連れは帰宅ラッシュのアパートの住人三人と挨拶《あいさつ》をしたという。

明日は物件を見て回ろうと、良明は頬杖《ほおづえ》を深めた。

「……ええと、それで。チハルさん、でしたっけ」

名前の由来を話しに来てくれたのかと、本題を待って良明が茶を注《つ》ぎ足す。

「そうよ、小さい春の千春《ちはる》。なんてかわいい名前なのかしら。なのに男には振られるし……」

「最近流行《はや》ってるんですね……振られるのが」

「千春ちゃん話ずれてる」

実は昨日も一昨日も愛一郎が泊まって行ったせいで寝不足の良明は、まだ午後七時だというのに眠くて堪らなかった。

それに一昨日の前の日も来た愛一郎は、多分きっと今日も来る。このままでは鉢合わせだ。

それも別にもう良明的にはどうでもいいような気がしたが。

愛一郎の勢いだけで始まった交際は、既にひと月に及んでいた。

しかし良明には一年にも二年にも感じられる。このままでは自分は遠からず死ぬかもしれない。いやきっと死ぬだろう。何故だかあれ以来愛一郎は最後まではしないが、その言葉と体の雄弁さに、良明はもう限界を迎えていた。

「……窶《やっ》れたね、良明ちゃん……」

飯台に頬杖をついて、裕也が大きく溜息をつく。

「アイと付き合うとみんなそうなるのよ……」

うんうんと頷いて、千春は自分で持って来たクッキーを口に運んだ。

「……裕也」

一体何のためにこの人をここに、と、小さく歯を剥《む》いて良明が裕也を見る。

「愛一郎のアイは、愛が欲しいのアイなのよ。良明さん」

ならそろそろ本題に入るかと、そんな風に千春は溜息をついた。

「とにかくあいつ、この世のすべての女、ぐらいの女に振られまくってて」

「……女？　ゲイなんだろ？」

キョトンとして、良明が半分寝かかっていた目をこじ開ける。

「違う違う。アイは愛が貰えれば男でも女でも動物でもいいの。そんでしかもマザコンなのかなんなんかわかんないけど、必ず年上に行くのよ。でももーみんな背負い切れないって。『重いウザイ鬱陶《うっとう》しい』……これ振られるときの決まり文句よ」

「でもってアイは気づいちゃったの」

　中々進まない話に、裕也が小さく口を挟《はさ》んだ。

「……なに」

「オカマの方が情が深いってことに。まああんだけいい男だし、迫られたら誰だって二つ返事だよ。ゲイならね。ゲイの方が全然面食いだから、中身なんか結構二の次。どうせ長続きしないしさ」

「おまえにもちょっかいだしたって、言ってたぞ。あいつ」

「俺は……英二《えいじ》がいたから。そんでもぐらっと来たよー、あの顔で迫られたらさ。ってこれ英二には絶対内緒ね。英二アイのこと殺しちゃう」

「……いっそ」

「ところがそのオカマでも悲鳴を上げるくらいの重さなのよ……愛一郎は」

　また軌道がずれた話を、今度は千春が修正する。

「だからね、良明ちゃん。早いとこ……」

「そういう訳だから、頼むわアイのこと。あいつ本当にちょー迷惑な存在なのよ実は。事情知らない子片っ端から食っては捨てられて、生きるの死ぬのって大騒ぎして」

「ちょ……っ、ちょっと待ってよ千春ちゃん！　良明ちゃんに早く逃げるように説得してくれるって……っ」

「なんか、この人ならアイのこと背負えるような気がしてきた」

「お……おい、ちょっと待ってください。チハルさん」

「やっと落ち着くわね。あたしたちも」

あーよかったせいせいしたと、勝手に完結して千春は立ち上がった。

「んじゃ、あたしお店行かないと。良かったら今度アイと来てー。お安くしとくわ」

うふ、と投げキッスをして千春が、さっさと上物を羽織って戸口に向かう。もう夜は少し肌寒い。

呆然《ぼうぜん》と、見送ることも忘れて良明は戸の閉まる音を聞いた。

「もう……千春ちゃんたら。酷いよ」

半分腰を上げて止めようとした裕也が、諦《あきら》めてまた座り込む。

「良明ちゃんも！　何やってんの!?　ホントにっ」

歯を剝いて裕也は、掌《てのひら》で部屋の中を指した。

良明は、現実逃避して決して見回したりはしない。

ひと月の間に、部屋の中はすっかり愛一郎のものに侵食されていた。愛一郎の着替え、愛一郎のＣＤ、愛一郎の歯ブラシとコップ。

「……何……やってんだろうな」

しかし裕也に首を摑まれ頭を押さえられて現実を直視させられて、良明はわななないた。

「……断りようがあったことに今更気がついた……もっとこう、好みじゃないとかなんとか言いようが」

「もしかして出会った日まで戻ろうとしてんの？」

「一体なんでこんなことになった⁉　俺は女とだってここまでねちっこく付き合ったことはない！」

すっかり様変わりした部屋を指して、ようやく現実と向き合った良明が、本当に今更の悲鳴を上げる。

「それは……言いたかないけど、良明ちゃんが何一つ自分の意思をはっきりさせずにここまで来てしまったからに他ならないんじゃないの？」

「おっ、俺の⁉　これが俺のせいだと⁉」

あの勢いで、愛一郎の言うことに口を挟む暇なんか何処にもなくて、それでも断れない自分が悪いのかと良明が壁に背を押し付けて後頭部を打ち付ける。

「……この部屋に火、つけたら気持ちいいだろうな」

明るい色彩になってしまった部屋を眺めて、ぼんやりと良明は呟いた。

「よ、良明ちゃん？」

「一つくらいなんかこう、自分の思ったことを」

「ちょっとっ、しっかりしてよもう！　発作的な放火とか殺人とかって……良明ちゃんみたいな人が危ないいんだね……」

壁まで下がって肩を合わせて、裕也が良明の額に額を押し当てる。

溜息をついて、裕也も壁に背を預けて足を伸ばした。

「自分のとこにあーゆーの来る訳ないって、高くくってたんでしょ」

「……まあ」

振り出しに戻って裕也が問うのに、得意の曖昧《あいまい》な返事を良明が聞かせる。

「どうせそのうち飽きていなくなってくれるとか、思っちゃってんでしょ？」

「ああ」

項垂《うなだ》れて、正直なところを良明は答えた。

「もう、なんにもわかってない」

「痛っ」

ぱんっ、と裕也に足を叩《たた》かれて、良明が小さく声を上げる。

それから不意にやさしく裕也は、そっと良明の足を撫《な》でた。

「……みんな、やさしくして欲しがってるんだよ。いっぱいいっぱい、人にやさしくして欲しいの。だから良明ちゃんのとこに来るんだよ」

「俺はやさしくなんか……」

「いいよ、って。言って欲しいの。大丈夫だよ、おまえのまんまでいいよって……」

コトンと、裕也が良明の肩に頭を乗せる。

真夏の癖で開けっ放しになっている窓から、風が入った。今日から秋の匂いだと、静まって不意にその変化に気づかされる。

「そういうわかってないとこ、大好きだったな。子どものころ」

「……今は？」

何か甘えた気持ちになって、良明も裕也の髪に頬《ほお》を寄せた。

「憎たらしい」

くすりと、けれどやさしい声で裕也が笑う。

「でも……いいよ、良明ちゃんはそのままで。俺いっぱいいっぱい助けられたもん」

なんて穏やかなときなのだろうと、軽く見境を失った良明は裕也の髪に触れた。

すると裕也が慌てて身を引いて、前髪の下の目の横の痣《あざ》が薄れるのを待ってしばらく裕也が良明に顔を見せなかったのだと、知らされる。

「これ、またあいつか？」

苦い息をついて、俯く裕也のこめかみに良明は指先で触れた。

「こういうのは病気みたいなもんだ。カッとなると手がつけられないんだろ？　取り返しのつかないことになったらどうすんだよ」

最近覚えた悪い癖で、そのこめかみに唇で良明が触る。

「別れちまえよ」

「……良明ちゃん?」

戸惑って裕也が、良明を見上げた。

「俺、なんでもできるような気がして来た」

細い裕也の肩を抱いて、これぐらいの大きさが自分が抱き締められる限界だと良明が息をつく。

「おまえと付き合えば良かったなあ……」

「……最悪、良明ちゃんのそういうとこ。良明ちゃんじゃなかったらひっぱたいてるよ」

さっき許したばかりなのに、本当に怒ったような声で、それでも裕也は手を振り払わず良明の喉元《のどもと》に頬を寄せていた。

「英二が、好きなんだよ。俺」

裕也のそういうところが、良明は好きだと、思った。

「そっか」

だから余計に改まった声を聞かせられて、微かな寂しさを良明が味わう。

「良明ちゃんもちゃんと、誰か好きになって」

言いながら裕也が目を閉じるのが、喉に睫《まつげ》が触って良明に知れた。

「……ちゃんと、か」

擽《くすぐ》ったさに片目を瞑《つむ》りながら、良明は裕也を離す気になれない。

毎日毎日、土石流に流されるような愛一郎との時間を良明はただ流されていた。

名前の由来は今日初めて千春に聞かされた。

そういえば毎日愛一郎は何を喋っているのだろう。ひと月一緒に居るのに、お互いのことはまだあまりよく知らない。

ただ朝一緒に家を出て夜やって来るのだから、何か働いているのだろう。あまりにも新聞に書いてあるようなことに疎いし、服装もラフなのでサラリーマンということは考えにくい。最初はモデルかホストだと良明は思い込んでいたが、よく考えてみれば定時に出て定時に帰って来ている。

「あいつ仕事何してるんだ……？」

「え？」

独りごちた良明に裕也が顔を上げた途端、千春が去った後鍵《かぎ》を閉めずにいたドアが盛大に開いた。

「あーっ、何やってんだよ裕也！」

玄関先で、愛一郎が裕也を指さして喚《わめ》く。

合鍵は最後の一線かと思い良明はねだられてもごまかし続けていたが、もうどっちでも一緒のような気持ちもしてただ溜息が出た。

「どういうことだよ!? こっちがより戻っちゃったワケ？ 俺みたいなのやっぱ駄目だっての!? 裕也みたいなかわいい系じゃないとヤなのかよ!? 俺さ、俺かわいくするからそしたら……っ」

玄関と窓が開いたまま、靴をほうり出して駆け寄った愛一郎が、良明の膝《ひざ》に縋《すが》って半泣きになる。その大きさでかわいくなるのは無理だろうと良明は思ったが、もちろん口に出したりしない。言えばまだ、ドアが開いたままなのに騒ぎがでかくなるだけだ。

「あのさ、アイ……」

「英二に言うかんな！　裕也」

何かを言ってくれようとした裕也を、キッと睨《にら》んで愛一郎は言った。

「言ったら殺ス！」

体軀の差など何も顧みず、裕也が愛一郎の襟首《えりくび》を摑み上げる。

「俺だって良明取られたら……っ」

半べそを搔《か》いて愛一郎は、反撃などできずに項垂れた。

「……幼なじみなんだよ。裕也とは」

仕方なく、良明は小さく口を挟んだ。

呆《あき》れたように裕也が、良明を振り返って肩を竦《すく》める。

「帰ろ、俺。ばっかばかしくてやってらんない。良明ちゃんもめちゃくちゃ痛い目あえばいいよ、もうっ」

癇癪《かんしゃく》を起こして裕也は、畳を蹴《け》るようにして立ち上がった。

入れ替わるように玄関に向かって、裕也が屈《かが》んで靴を履く。

がっちり愛一郎に腰を抱かれて、良明は身動きも取れなかった。

「ねえ、アイ」

そんな二人を振り返って、裕也がもう一度大きな溜息をつく。

「良明ちゃん、女の子としか付き合ったことない人だよ」

捨て台詞《ぜりふ》を残して、裕也はドアを閉めて行った。

「……え？　どういうこと？　待って、マジで。意味わかんねえ、そしたらなんで」

呆然と顔を上げて、愛一郎が良明を見つめる。

「あそこにいたのは……裕也に頼まれて」

「そうじゃなくてっ、だったらなんで俺と付き合ってんだよ!?　俺たち付き合ってんだよな？　それとも俺の勘違い？　全部。もしかしてすげえ迷惑だった？」

膝に乗り上げるようにして、矢継ぎ早に愛一郎は問いを重ねた。

その質問の、どれか一つに頷ければこの状態はもしかしたら終わるかもしれない。唇が迷って、良明は当てのないまま口を開いた。

これは、もしかしたらラストにして最大の別れのチャンスだ。

「俺は……」

「……そんなこと、ないよな？　だって俺たちすごい楽しかったよな？　一緒にいて良明、楽しくなかった？　本当は一カ月ずっとやだった……？」

言葉を先回りするように、愛一郎が良明の額に額を押し付ける。

ほとんど記憶が霞《かすみ》がかっているこのひと月のことを、良明はふと、思い返そうとしてみた。

元々信じられないことには蓋《ふた》をするような性格が良明にはあって、愛一郎のことも言わば青天の霹靂《へきれき》のようなもので直視しないようにしていたらしい。

おかげさまでひと月、あまり記憶がない。

ただ、自分にしては随分、笑ったような気がすると良明は口の端が上がる癖がついたことに気づいた。何で笑ったのかは一つ一つは覚えていない。

起きている間中、愛一郎は喋り続けている。何かおもしろい話はないかと探しながら、喋り続ける。

沈黙が怖いのだろうかと、ふと、良明は思った。

沈黙の透き間に、人は別れ話を切り出すものだから。

だとすれば、そうだ。今が、そのときに他ならない。

「いやだった……？」

口を開いた良明が息を吸い込む喉を見て、愛一郎は泣いた。

本当に泣くかこの男、いい年をしてもう大人だろう、とはこのひと月何度も思ったことだと
いうことも良明は思い出す。

赤ん坊のように子犬のように、でかい図体で愛一郎は平気で泣く。いつだって明るいのにそ
のときだけ酷く、悲しそうに。

したい。別れ話が。

けれどできないことはできないのだから、どうしようもない。

「……いやだったら、ひと月も一緒に居られないよ」

いっそ誰か殺してくれと思いながら、真っすぐ目を見て良明は言ってしまった。

「本当に……!?」

そして愛一郎がしがみついて来るものだから、もう、他に言葉が何も見つからない。

「俺ね、今日プレゼントがあるんだよ」

安心したのか離れた愛一郎のきれいな背を、煙草《たばこ》に火をつけながら良明は眺めた。

見た目は精悍な大人の男だが、どんどん喋り方からやることから甘ったるくなって行く愛一
郎は、もしかしたらちょっと頭が弱いのかもしれないとも思う。見た目がいいだけにそれもま
た憐れみを増した。

「……これ、なんだ？」

ぼんやり煙草をふかしていた良明の目の前に、違う色彩の揃《そろ》いの形のものが二つ置かれた。

「お揃いの携帯」

見ればわかるだろうと、愛一郎が膨《ふく》れる。

「携帯持ってないって言ってたから。あ、これ俺専用ね。他のやつにかけたり、番号教えたりしちゃ駄目だよ」

もう様々登録は済んでいるのか、愛一郎は使い方を説明しながら自分の番号の登録表示を出した。

「あとね、カメラ付いてんのこれ。だから何処にいても嘘ついちゃだめだよ。写真撮って送ってよって言うから、俺」

重い、ウザイ、持ち切れない。

決まりの台詞と千春が言った言葉を、良明は思い出して眉間《みけん》を押さえた。

「……色、気に入らない？」

自分は赤、良明に青を選んだ愛一郎は、不安そうに携帯を見比べる。

「いや、気に入ったよ」

これは嘘ではないと、良明は自分の言葉に何かほっとして小さく笑った。

ひと月の間に愛一郎は、揃いのマグカップ揃いの箸《はし》揃いのTシャツと、色違いのものをよく持って来たが、いつも良明に宛《あ》てがわれた色は自分では決して手に取らない色なのに何かよく馴染《なじ》んで、それが少し、良明には嬉《うれ》しかった。

「だけどカメラ付きの携帯なんて、高かったんじゃないのか?」

「大丈夫。俺、良明のこと以外にお金使うとこなんかないしさ」

もはや疑うことさえ難しいことを、愛一郎が言う。せめて少しでいいから疑う余地が、良明は欲しい。

「おまえ、仕事何してるんだ?」

今まで聞く間がなかったことを、良明は初めて尋ねた。というより最初は間違いなく水商売だろうと決めてかかっていたので、聞いても悪いような気がして聞かなかったのだ。

「……一回も聞いてくんないから、俺に興味ないいんだと思った」

「そういう訳じゃ……」

言われれば年もはっきり聞いてないと、良明は気づいた。

「おまえだって聞かないじゃないか、俺の仕事」

「一回聞いたよ、答えてくんなかったじゃん。でも普通のサラリーマンだろ? 毎日スーツ着て決まった時間に出掛けるじゃん。どういう仕事とか聞いても俺わかんないしさ、きっと。でも聞こ、どういう仕事? 会社で何してんの? 会社何処?」

良明の膝に腹ばいになるようにして、愛一郎が問いを重ねる。

「サラリーマンじゃないよ」

愛一郎の中の、かなり狭量なサラリーマンの定義がおかしくて、良明は笑った。

「え!?　じゃあ何してんの？」

「高校の、社会の先生」

違うだなどと想像もしなかったと目を丸くした愛一郎に、あっさり良明が教えてしまう。

「……へえ」

もっと驚くかと思った愛一郎は、不意に、今まで見せたことのない何か複雑な顔を、して見せた。

「意外か？」

「うん」

何故だか少し萎《しお》れて、膝の上で愛一郎が丸くなる。

「うちの親と同じ」

「ああ……そうなのか」

さっきそういえば千春がそんなことを言っていたと、良明は愛一郎の気落ちに戸惑いながら髪を撫でてやった。

「小学校だけどね、うちの親。親父校長だよ、もう。……だけどそしたら良明も、忙しいんだ」

「俺は、高校の単一科目の教師だから。部活も持ってないし、定時に帰ってるだろ。親御さんは忙しかったのか」

「俺ずっと鍵っ子ちゃんだったもん。行事とかも重なっちゃって、運動会とか父兄参観とか、全然来てくんなくてさー」

鍵っ子、などと懐かしい言い回しをして、愛一郎が良明の手の下に納まろうとする。だがとにかくでかいので無理だ。

「……しょがないけど。すげえいい先生なんだ。うちの親。毎年いっぱい、年賀状来て、正月とか生徒がいっぱい来て。そんで俺も、ちゃんと大事にして貰ったし」

特に寂しさを恨む筋合いではないと、そんな分別だけはあるのか、索引の一番目の名前をつけられた割に愛一郎は親をちゃんと尊敬しているようだった。

両親が教師だと子どもはぐれると相場が決まっていると、よく教師仲間では冗談のように言うが、愛一郎はぐれるにしては少し性格が健やか過ぎたのだろう。いや、健やかというのは意味が違うかもしれない。素直、単純、様々愛一郎を表す言葉が良明の中に浮いては沈む。

「いい、お父さんとお母さんなんだよ。これはホント」

黙り込んだ良明に、言い訳のように愛一郎は言い足した。

「……でも、寂しかったのか」

けれど逆に重ねられた言葉が、ごまかしてしまわれたものがあると教えてしまっている。

「……うん」

長い間を置いて、小さく、愛一郎は頷いた。

「言っちゃいけないわがままだって、わかってたけど。でもなんか時々さ、俺も生徒もかわんないんじゃないかなみたいな。……へへ、ガキっぽいか。こんな話」

確かに、酷く子どもっぽい言葉だと良明も思った。

二十も過ぎた男が、いつまでも悲しむことではない。新しい生活、新しい人間関係を作って、その中で忘れて行くべきことだ。その程度の、寂しさのはずだ。

多分、それは愛一郎もよくわかっている。

喋り続ける愛一郎の癖は、別れ話が聞きたくないせいだけではないのかもしれないと、ふと良明は気づいた。

少しの、両親との時間がいつまでも長らえるように、何か楽しい話を楽しい話をと、愛一郎は喋り続けるのかもしれない。

「良明も本当は、先生すげえ忙しいんじゃないの？　土曜も日曜も学校だったりすんの？」

職業を聞いたら持ち前のアンバランスさに拍車が掛かったのか、両手で愛一郎は良明の腹にしがみついて来た。

「俺はそんな、いい教師じゃないよ」

「だったらいっぱい、俺といてくれる？」

これ以上、どうやって、と本当なら良明は聞きたいところだ。

「……ああ」

だが噎《む》せ返りそうになっても、良明はそんなことを聞いたりできない。

「良かった。あのさ、今日映画のタダ券貰ったんだよ。いつなら行ける？　そういえばさ、ジョニー・デップが……」

「愛一郎」

止まらないものが回転するようにいつものように喋り出した愛一郎の唇に、指先で触れて良明は名前を呼んだ。

「……あり？　なんで名前全部呼ぶの？」

だれにでも「アイ」と呼ばれることが普通の愛一郎が、不思議そうに良明を見る。

「俺この名前、好きだから」

何も索引のど頭にある名前をつけなくてもいいだろ、とまだ見ぬ愛一郎の親を少し憎く思いながら、良明は嘘をついて笑った。

「別におもしろい話してくれなくても、俺全然退屈じゃないよ」

むしろ静かにしていてくれ、いやそうではなく。

「喋ってなくても、俺いなくなったり……しないよ」

言いながら良明は、どれが嘘でどれが本当に近いのか自分でもよくわからなくなった。

今まで良明は、人の望むように流れに任せた受け答えしかしてこなくて、だから嘘も、本当に簡単についてしまえる。

小さく、愛一郎の唇が良明の唇に触れて離れた。

「……マジで?」

信じ難いというように、愛一郎が良明を見つめる。

「本当に」

また、愛一郎が泣いたので、良明は今落とした言葉のいくつかが本当であることを、多少祈った。

何か、その嘘で酷く人を傷つけたことも、今までなかった。いや自分が気づいていないだけであったのかもしれないけれど、良明自身が窮地に立たされたことはなかった。

適当な言葉でも人は納得して、抗われなければある程度満足する。それで困らないのが、良明の生き方で。

縋りつくように愛一郎に抱き竦められて、目を閉じた闇の中にすっと、似ていない双子の妹の顔が浮かんだ。想像の中で、妹の麻矢《まや》はいつも良明を睨んでいる。決して笑わず、憎むように良明を見る。良明も本当は、この妹があまり好きではない。

自分にとって少しの不都合が起こるといつも、良明は麻矢の顔を思い浮かべる。

「……ねえ」

耳を食《は》んでいた愛一郎の唇が、良明の喉元に降りた。

「今日は、してもいい？　ちょっと、我慢できそもないや。俺」

酷く、愛一郎の肌が熱い。

どういう訳だか、毎日一緒に眠ってキスをして愛撫《あいぶ》までしながら、愛一郎が最後の一線を踏み越えるのを堪《こら》えていたのだと良明は知った。

今更何言ってんだ、とも思ったが、ひと月前の惨状を思うと良明もさすがに躊躇《ためら》う。

「駄目なら、我慢するよ」

「……駄目じゃ、ないよ」

もうこうなると条件反射だと、上目遣いに見られて即答した自分を良明は遠くに放り投げた。

ここからはもう自分じゃないということで、と思おうとしたが、唇に歯を立ててきた愛一郎に気持ちを引き戻される。

縋りつくみたいに服を剝《は》ぐ手が、急《せ》いて、何度も思い直したように無理にやさしくなる。

体が大きくて力が強いので、そうしようと思えばきっと愛一郎はどんな風にでも、やりたいように良明を扱えるはずだ。

けれどそうしてしまいそうになる度に、手が引いた。

一つキスが下へ降りる度に、「いい？」と目を見て愛一郎は尋ねた。

「……いちいち、聞かなくていい」

何かいたたまれなくて、良明は愛一郎の髪を抱いてしまった。

子犬を抱くように赤ん坊を抱くように、両手で。胸に心を、かき集めるようにして。


「……あー、やっちまった……」

結局血を見る羽目になったかと朝の光の中にシーツを眺めて、良明《よしあき》は溜息をついた。

最初の夜ほど酷くはない。とにかく慣れていないので、合わせるということが自分にできないのも問題なのだろうと、良明はシーツを引いた。

満ち足りて眠ったはずの愛一郎《あいいちろう》は、目覚めて、その痕《あと》を見て青ざめている。

「……ごめん」

「あ、いや。別にたいしたことは」

唇を押さえて、愛一郎は良明の足を抱いた。

「もうしない」

シーツ越しに、顔を埋めた愛一郎の目元が濡れるのが良明の肌に伝わる。

「愛……」

「もうしないもうしない、もうしない！　もうしないから許して……っ」

「なんだよ、でかい図体して血に弱いのか？　本当にたいしたことないよ、こんなの。かすり傷だ」

実際、治るのにそんなに時間を要するとも思えない傷はたいして痛みもせず、良明は大きく足を動かして見せた。

痩《や》せぎすの足が動くのを、恐る恐る、濡れた瞳を上げて愛一郎が見つめる。

そして良明の顔を振り返って、しばらくぼんやりと、愛一郎はその笑顔を見ていた。

「本当に？」

「本当だよ」

「俺のこと嫌いにならない？」

「ならないよ。わざとじゃないだろう？　おまえのせいじゃないよ」

乾いた頬に、掌で良明が触れる。

長く、息を抜いて、愛一郎は良明を抱いたまま随分と沈黙していた。

「……ガキのころに」

シーツごと、壊れ物に触るように愛一郎が良明を包む。

「お母さんのクラスの子がうちに来て」

何か、愛一郎が話そうとするのを、黙って良明は聞いた。人の打ち明け話を聞くのに、良明は慣れている。

「同い年でさ。遊びなさいって、言われたんだけど。先生はおまえのお母さんじゃないよ、みんなのお母さんなんだよって、言われて」

俯いて、愛一郎は唇を嚙《か》み締めた。

「頭に来て、突き飛ばして」

目を伏せて愛一郎が、小さく、息をつく。

「俺ガキのころからずっと人より一つ頭デカかったから、思ったよりそいつ吹っ飛んじゃって、すげえ鼻血出して。頭打ったし病院行って、色々調べて。そいつの親来て。すげえ怒られて。……なんか、お母さんが俺のこと怒りながらそいつのこと病院運ぶの見てたら」

あまりに、幼い打ち明け話だと、聞きながら良明は思った。

「本当に、俺お母さんの子どももやめなきゃなんないかもって。そいつのお母さんになっちゃうかもって、思って」

幼稚な、切なさだ。昨日聞いたときもそう思った。

何処かに置いてこなければならない悲しさだ。多分その程度の、ことのはずなのに。

聞いていて良明の胸の隅が、掻かれる。

「俺」

そっと、何度も良明の足を愛一郎は撫でた。

かった。

昨日だって愛一郎は、どんなに夢中になっても我を忘れて勝手をしたり無茶をしたりはしなかった。

「怒らないで。別れるって言わないで」

何度も立ち止まっては「大丈夫?」と愛一郎が尋ねるので、良明の方がいっそおかしくなりそうだった。

「俺のこと捨てないで」

いいから、と背にしがみついたところまでは良明も覚えている。

後は良明が、我を忘れた。

強く肌を摑んではいけないと思うのか、シーツの端を愛一郎の指が、必死で摑んでいる。指が撓《たわ》んで、歪《ゆが》みそうに見えた。

何か、良明の中で今まで動いたことのないものが、絞られるように疼《うず》く。

「……大丈夫だよ。俺はなんともないし」

微かにだ。それがなんなのか、良明にはよくはわからない。

「何も気にしてない。何も怒ってないよ」

「許してくれるの……?」

頭を撫でた良明に、伏せていた顔を愛一郎が上げた。

「もう一回、してもいいよ」

おどけて、良明が告げる。

「しない」

頑《かたく》なに、愛一郎は首を振った。

「我慢する」

それでも腹の底が疼くのか、触れた愛一郎の肌が熱い。

「良明がいてくれるだけで俺……もうなんにもいらない」

全身の肌を合わせるように愛一郎が良明を抱いて、冷え始めた朝に酷く心地よく肌が温もって行くのに、良明は息をついた。包み込むように寄り添ってゆるく抱いていてくれる愛一郎と眠るのが、本当は良明は少しもいやじゃない。他人と、そんな風に心地よく眠れることは今までなかった。前に愛一郎がそんなことを言っていたと、ふと思い出す。出会ってすぐのころだったから、もしかしたら誰にでも、愛一郎はあんな風に言うのかもしれないけれど。

別に、それは気にならない。自分のような人間には。むしろ楽だと思って、そんな風に思った良明は胸の隅がしくりと痛む。

部屋の中の、愛一郎が恋人のために連れて来た様々な青が目に映って、その透明な美しさが辛《つら》くて、良明は目を閉じた。

壁が塗り直された家の前に立って見て、良明《よしあき》はここに来るのが随分久しぶりだということに初めて気づいた。

気づいてみると呼び鈴を押すのが躊躇われて、門扉の前でぼんやりと立ち尽くす。

「……どしたの。うち来るなんて、珍しいじゃん」

そこに、丁度家の中から大きな旅行用のバッグを抱えた裕也《ひろや》が出て来た。

門の前の良明を見て驚いた裕也は、とっさに切れた口の端を隠し切れないでいる。

「一週間顔出さないから、そんなとこだろうと思ったよ」

溜息をついて、良明は裕也の体にはあまる鞄《かばん》を持ってやった。

きれいな夕暮れの秋空の下大きな鞄を持って、裕也の傷がなければ良い旅行日和《びより》だ。

「自分のアパート帰れなくてさ。でも実家も……どうかなと思って、友達のとこ行こうかと」

「……俺のとこに、来いよ」

早口に言った裕也に、英二《えいじ》かとは、今更良明も聞かない。

「アイでいっぱいいっぱいでしょ」

「それで遠慮してたのか?」

ここに来たのは愛一郎《あいいちろう》のことで明らかに裕也の足が遠のいたからで、アパートに二度行ってもいないので良明は裕也の実家を訪ねてみたのだ。

案の定、困っているのに自分を頼って来なかった裕也に、良明はショックを覚えていた。

「食事だって洗濯だって、全部愛一郎がやってくれるさ。あいつおまえにも気があるんだろ?」

「良明ちゃんの倫理観って結構壊れてるよね……普通さ、恋人ができたらその恋人だけが大事なの。そうしないとかわいそうだよ、特にアイは」

「おまえとの付き合いの方が全然長い。うちに来いよ」

アパートの方へ角を曲がろうとした良明に、ふと、裕也が足を止める。

何か知らない人を見るように裕也は、良明を見上げた。

「……ちょっと、変。良明ちゃん」

溜息のように言って、夕日の強さに裕也が顔を顰《しか》める。

「今までと、違う」

「何が」

意味がわからなくて、良明は尋ね返した。

「俺が泣きついたら、なんでも聞いてくれなかったことなんかないけど」

空いている方の良明の腕を取って、裕也が歩き出す。

「知ってた？　良明ちゃんが自分で俺んち来たのって、プリント届けに来て以来だよ？」

「……そりゃいくらなんでも嘘だろ」

「本当だよ。あれからずっと、俺が来て来てって言うか、俺が押しかけてくか。どっちかで。すごい嬉しいけど……なんだろ。アイのせい？　良明ちゃんが変なのって」

聞いていると、裕也がずっと、良明の方から訪ねてくれるのを待っていたのだと気づかされて、良明は少しやり切れなかった。

「変って言うなよ」

「流されまくって女の子と付き合ってたときと違う、良明ちゃん。やっぱやけちゃうや」

溜息をついて、裕也は苦笑を漏らした。

夕方の住宅地を、帰宅する学生や仕事帰りの人々がぽつぽつと行き交う。腕を組んで歩いている二人を振り返る人もいたけれど、もはや良明は何も気にならなくなってしまっていた。

「ねえ、良明ちゃん。俺、こんなこと言いたくないけど……」

ゆっくりと歩きながら小さく、溜息のように裕也は口を開いた。

「アイは、誰でもいいんだよ」

言ってから少し後悔したように、俯く。

「あんだけ見た目良かったら、そう簡単に振られまくんないよ。普通。だけど付き合うとみんな、それに気づいて悲しくなって、一緒にいられなくなっちゃうんだよ」

足を止めて、目を見ないのは卑怯《ひきょう》だと思うのか裕也は良明を見上げた。

「愛してくれれば、誰でもいいの。アイは。一緒にいてやさしくしてくれる人なら誰でもいいんだよ」

半分は焼《や》き餅《もち》で、けれど半分は確かに、自分に傷ついて欲しくないのだろうことぐらいは、目を合わせれば良明にも知れる。

「……ごめん」

半分の焼き餅を、裕也は謝った。

「いや」

この間の朝の惑いを、良明が胸に返す。

今も、はっきりと愛一郎は誰でもいいのだと聞かされても、良明は少しも心が動かない。相変わらず、ならその方が楽だと、思っている。

寧《むし》ろそういう自分が、良明は段々と耐え難くなって来ていた。

「大丈夫。俺は傷ついたりしないよ」

「……いつもと違うと思ったから、言ったんじゃん」

ことんと、癖のように裕也が良明の肩に頭を乗せる。

前はしなかったと、良明はその小さな頭の擽ったさに気づいた。丁度、英二と良明は肩の高さが同じぐらいだ。目を閉じて裕也は、多分少し遠くを思っている。

「……どうしても、別れられないのか？」

アパートの前まで無言で歩いて、良明はぽつりと尋ねた。

「またおまえ……っ」

けれどそれを掻き消すように、愛一郎の声が飛んで来る。

「英二はどしたんだよ！　英二は‼」

部屋のドアの前で、愛一郎は座り込んで良明を待っていたようだった。

合鍵を渡した方がいいと、赤い夕日の中でようやく良明も踏ん切る。

「……喧嘩《けんか》、したの」

いつもの勢いで嚙み付き返さずに、目を伏せて裕也は言った。

「どうせまた元通りなんだろ？　すぐに……」

裕也が傷ついていることはすぐにわかったのか、ドアを開けている良明の横で愛一郎の声のトーンが落ちる。

「わかんない」

「もうやめろよ、殴るような男。おまえみたいなかわいい顔、なんで殴れるのか俺ワケわかんないし」

良明の持っていた裕也の荷物を持ってやって、愛一郎が部屋の中に入れる。

「俺が悪いの」

疲れたのか裕也は、壁の側《そば》に座った。

向かい合うように、愛一郎が座る。

「いつもそう言うじゃん」

「浮気したからさ。俺」

自分を嘲《あざけ》るように裕也が笑うのを、台所で薬缶を火にかけながら良明は聞いていた。

「なんでだよ。嘘だろ？」

「そうじゃなきゃ英二、殴んないよ。……英二のこと、いっつも悪者にしてたけど。悪いの、ホントに俺なんだから。何度もさ、他の人と」

初めて、人にする話なのか裕也の唇の端が震える。

「……なんで」

「わかんない。自分でもわかんない。やなんだけど、でもなんか、時々どうしても英二といらんなくなって」

俯いた裕也の髪を、大きな愛一郎の手が、恐る恐る撫でた。

居間に戻った良明のために、二人の間が開けられている。

壁に沿って、良明も腰を下ろして、裕也の肩に触れた。

「……英二、大学やめちゃったんだよ」

掌で目を擦《こす》って、ごまかそうとしたけれど裕也の涙が落ちる。

「あんな性格で雑誌のモデルなんか先見えてるのに、もっと仕事するって。そういうのも全部、俺のせいなんだ。英二は、すごい勉強して今の大学入ったの。なんか宇宙工学とかいうのやりたいとかって」

「……全然見た目から想像がつかないな」

英二の意外性に驚いて、良明はなんと言ったらいいのかもわからず溜息をついた。

「なのに、やめちゃったんだよ……信じらんない。もう」

「そんで、浮気したの?」

責めるようにではなく、愛一郎が裕也に問う。

「名前もよく知らないようなやつと、寝ちゃった」

「そしたら英二が愛想尽かすと思ったのかよ」

「だって……絶対、長続きなんかしない。みんなそうじゃない。誰だってすぐ別れるじゃない。幸せになんてなれないのに、英二は俺のことばっかりで……俺も、英二のことばっかりで……っ」

もうやだ、と小さく言って裕也はそれきり何も言えないでいる。

不意に、畳に両手をついて愛一郎は、裕也の口の端の傷を、ペロリと嘗《な》めた。

「……苦しいなら、別れちまえよ」

「やめてよもう」

子犬のような仕草に、小さく裕也が笑う。

「おまえもここにいれば？　俺がメシ作ってやるよ。ニャーって鳴いたら猫みたいに飼ってやる。ね、良明。この子飼ってもいい？」

くるりと自分を振り返って愛一郎が問うのに、良明も笑った。

「いいよ」

頷いた良明を、裕也が小首を傾《かし》げて見る。

「……それ、いいね。じゃあ猫になる。俺」

「人間の言葉喋っちゃ駄目だ」

「にゃあ」

「あと、良明は俺のだよ」

「……にゃあ」

「膝半分くらいなら、今だけ貸してやるけど」

切なそうに鳴かれて、愛一郎は口を尖《とが》らせて良明の膝を指した。

「……あったかい。あ、違う。にゃあにゃあ」

人恋しいのか、寂しいのか、裕也が良明の右膝に頬を寄せて体を丸める。

やわらかい髪を撫でてやると、愛一郎が指を銜《くわ》えてそれを見ていた。

「半分空いてるだろ？」

溜息交じりに良明が笑うと、嬉しそうに愛一郎が左の足に頰を寄せて横になる。

これですっかり身動きが取れなくなって、良明はやることもないので仕方なくワイシャツのポケットからマイルドセブン・スーパーライトを出した。

体に悪いからやめて、と女子のような悲鳴を愛一郎に毎日上げられて、取り敢えずライトからスーパーライトになったのだ。それだけ言われればやめられるだろうと思ったがニコチンの力は存外に強く、もはや自分の意思一つでやめられないと、今更良明は思い知らされている。

「……軽い」

まだ慣れない軽い煙草の煙を、気持ち良く眠ってしまった二人にかからないように良明はふかした。

ぼんやりと暮れ時のきれいな紫の空の彼方《かなた》を見ながら、ただ時間が過ぎるのを眺める。

両膝に、子犬と子猫のような、けれど男。

「……俺、絶対生き方間違ったんだよな……」

気づくには少し遅かったと思った途端、どうしてそれでも懲《こ》りて鍵をかけないのかと、それももう手遅れのドアが、盛大に開く。

「裕也！」

他の二人は眼中にないのか裕也だけを怒鳴るように呼んで、英二は土足で部屋に押し入って来た。

裕也も愛一郎も目を覚まして跳び起きたが、何を抗う間もなく裕也は英二に腕を摑まれる。

「そんで今度はまたこいつかよ!?」

「なんでここ……」

「千春《ちはる》に聞いたんだよ！」

「千春ちゃん殴ったの!?」

「おまえと寝たやつ以外は誰が殴るかよ……っ」

襟刳《えりぐ》りを摑み上げるようにして、けれど悲鳴に近い声で言って英二は背を屈めた。

裕也の肩に額を押し付けて、英二は髪の先まで震わせている。

「なんでだよ。なんでおまえ……」

怒りに身を任せ切れないで、英二は泣いていた。

「だって……」

その震える髪を抱いてしまう裕也を、良明はただ見ていることしかできない。

どんなときにも、人前でも構わず泣いて悲しんだり口惜しがったりした覚えが、良明にはなかったので。

「わかんない……わかんないんだよ本当に。ごめん、英二。ごめん、だって俺元々、ちゃらんぽらんで。適当に遊んでればいいやみたいな、そういうのばっかりで。だから」

そういう、十代のころの自棄《やけ》のようないい加減さが今どれだけ裕也を苦しめているか改めて知って、見ない振りをしていた良明には辛《つら》かった。

「英二になんかふさわしくないし、英二、まだ二十歳じゃない。学校とか……恋人とか」

「恋人はおまえだろ……?」

両手で肩を摑んで、英二が縋るように裕也に問う。

「違うのかよ……っ」

きつく抱き締めた英二の背を抱き返せずに、裕也の指は落ちていた。

不意に、座り込んでいた愛一郎が立ち上がって、その指を取る。

「今から、ちゃんとすりゃあいいじゃん。裕也」

裕也の指を、愛一郎は英二の背に掛けた。

「アイが言うの!?　それっ」

「俺、そうしてるよ。良明みたいにしなきゃって、良明みたいにちゃんとしよって頑張ってるよ。それじゃ駄目かよ?」

キッとなった裕也に、愛一郎が高いところから笑う。

自分より柄の小さい者と話すときに、愛一郎が酷く猫背になることに、初めて良明は気づいた。

「駄目かな、良明」

「……愛一郎」

背を屈めた愛一郎の不自由そうな肩と、問いかける愛情しかない瞳が、良明を責める。ちゃんとって、どんなだ。自分はそんな人間じゃないよと。

言葉にしてしまいそうになって、嘘の笑みを、良明は浮かべた。

「駄目な訳、ないだろ」

「……英二も？」

呟いた良明の声に力を借りて、裕也が怖《お》ず怖《お》ずと英二を見る。

「……俺が聞きたいくらいだ、そんなの。おまえが俺の側にいてくれりゃ、俺はそれでいいんだよ」

「大学は……？」

「もう、それは言うなよ。……一緒に、暮らそ。な？」

節榑立《ふしくれだ》った指で裕也の髪を抱いて、英二は目を覗いた。

悲しげに一瞬目を伏せて、自信がないという言葉を飲み込んで、けれど裕也は頷くしかない。

「……行こうぜ。だいたいなんでおまえ、いちいちこいつのとこに……」

それを確認して裕也の手を引くと、英二は良明を睨んだ。

「違うって。良明ちゃんとは幼なじみで」

「それはこないだも聞いた」

「そうじゃなくてっ、だから……女友達みたいなもんなの！　全然恋愛とか関係ないとこで、大事なんだよ！」

「お……女友達？」

今はこういう状況だが、女らしいところなど何一つ持ち合わせがないと自負している良明は、裕也の言い訳に短くなった煙草を取り落としそうになる。

「……ああ、そういうことかよ」

なのに英二は何か納得したように良明を上から下まで見て、溜息をついた。

「わかった。……そういうことなら、ま、かまわねえよ」

「……俺にはわからない。全然わからない……つーか」

大きく開いた扉の向こうの廊下を、帰宅時間が合う隣の住人が酷くすまなさそうに通り過ぎて行くのが良明の目に映る。

「俺……もうこのままここで、こういう人間として認知されたまま住んでた方が良くないか……な？」

引っ越したところでまたきっと同じことだと、良明はドア枠越しに遠い夜空を見上げた。

そして遠くを見ている良明の腕に、愛一郎が引っ絡まる。

「それに今良明、俺と付き合ってるから！　ラブラブだから」

「ああ……そう。そりゃまた……」

これまでずっと良明に対して敵対心を剝き出しにして来た英二までもが、不意に、持ち合わせも少ないのだろうに憐れみに満ちた眼差しで良明を見た。

「言っちゃなんだけど、やめた方がいいぞ。こいつ」

何の躊躇いも見せずに英二は、ばっさり愛一郎を指で切る。

「なんでだよ！」

「まあまあ……メシ、食ってけば？　おまえも。……ええと、英二くん」

「なんだよ、先生みたいな口調だな。英二でいい」

「まあこの際だから、四人でメシ食おう」

このままあっさり裕也を帰すのも不安で、良明は二人を引き留めた。

「いいね、大勢でメシ。俺作るよ」

すっかり自分の台所にしてしまった愛一郎が、似合わないエプロンを手に取る。

「んじゃ俺も手伝う」

「いいよ別に。裕也邪魔だ、邪魔」

押し合いながら裕也と愛一郎は、まるで女子高生のように楽しそうにきゃらきゃらと笑って楽しそうに料理を始めた。

そうなると良明と英二は身の置き所がなく、煙草を吸いになんとなく玄関の外廊下に足が向かう。

「……煙草、くんない？」

ポケットの中を一頻《ひとしき》り探って英二は、髪を掻き毟《むし》りながら良明に聞いた。

「ああ」

ワイシャツのポケットのスーパーライトを、良明が英二に差し出す。上着がないと外はさすがに寒い。

一つの火を分け合って、言葉もなく二人は取り敢えず煙を吐いた。

お互い沈黙は苦ではないタイプだとすぐにわかったが、廊下の柵に両腕を掛けて、英二が何か言いたげなのがぼんやりと良明に伝わる。

「なんだよこれ。こんな軽いの吸ってんならやめちまえよ」

らしいやり方で、憎まれ口から英二は入った。

「やめたいんだけどな。中々」

「……ったく。あんたさ」

煙を吐いて、柵の外に英二が腕を伸ばす。

「裕也と長いのかよ。どんくらい？」

「……幼稚園から一緒だけど。小学校、三年ぐらいからかな。今みたいな感じになったのは。あいつガキのころ、気が弱くて」

「嘘だろ」

「本当だよ。ずっと、自分のこと……多分恥じてたんだ。それで、自棄みたいなこともしたん

だと思う。俺は見てるだけで」

「いい、そんな話」

すまなかったと言おうとした良明に、英二は首を振った。

また静けさが通って、遠くの大通りの微かな車の音や、往来を行く人の話し声が過ぎて行く。

部屋の中からは相変わらず楽しげな愛一郎と裕也の声が聞こえて、二人の声がよく通ることに今更良明は眉間を押さえた。

「……でも、これからもさ。あいつに、やさしくしてやってくれよ」

ふっと、小声で、英二はそんなことを言った。

「俺だけじゃやっぱ、かわいそうだから」

「おまえが……やさしくすればいいだろ」

「俺え?」

わざと軽い声を聞かせて、英二は笑おうとする。

けれどできずに、煙草を持った手で英二は目元を覆った。

「無理」

溜息をついて、まだ支度の終わらない台所を良明が眺める。

「大学、完全にやめたのか?」

「……ああ」

「宇宙工学、やりたかったんだって？」

「もう、どうでもいい。どうせ宇宙飛行士になんかなれねえし」

「……宇宙飛行士になりたかったのか」

「悪ぃかよ」

似合わなさに目を丸くした良明に、歯を剝いて英二が手を振り払う。

「いや、悪くない。悪かった、驚いたりした俺が悪かった……」

金髪の、目付きの悪い宇宙飛行士が月面に立っているところを想像して、いやそれでも自分が悪いと良明は眉間を押さえた。

「数字強いから俺、会計かなんか適当に資格取るさ。バイトでもしながら」

仕事については、裕也が思っているより英二の方がしっかり考えているのか、これも意外なことを言う。

もっとも、ちゃんと当てになるのかどうかは良明には見当もつかないが。

「あいつだって、時間の問題だぜ？　マジで付き合ってんだったら」

親指で大きな愛一郎の影を指して、英二は肩を竦めた。

「付き合ってるやつが働いてて自分が学生なんて、もたねえよ。長くは。時間だってすれ違うし、金だって使わせてばっかになるし」

顔を顰めて英二は、ヒモが似合いそうな顔でまるで逆のことを言う。

「あいつって……」

ぼんやりと、真っすぐ意味をくみ取れないまま良明は英二の言葉を聞いていた。

「アイに決まってんだろ?」

何を今更と、英二が煙草を靴の裏で消す。

何が、どうアイに決まっているのだろうと、とにかく蓋を沢山備え持っている良明は、今聞いたことはなかったことにして、蓋を被《かぶ》せてみた。


あんなに沢山持って生まれたのに、それでも蓋《ふた》は足りないかもしれない。

出会ったときは同い年ぐらいだと思った。

だが最初の朝に、二つぐらい下かとは、感じた。そして段々と、大人っぽくは見えるがもしかしたら二十三、四くらいなのかもしれないとも、思い始めてはいた。

二十二歳なら、ちょっと年下過ぎて参るな、ぐらいが良明《よしあき》的な感覚で。

冬が本格的に訪れようという十月の夜、新しい頑丈な蓋を良明は要求されていた。

回れ右してなかったことにしてしまおうかと思ったが、ばっちり敵と目が合ってしまっている。

「何故《なぜ》スターバックスは禁煙なのか……」

阿佐ケ谷《あさがや》の駅の中には、日本を侵略しかけてちょっと失敗しているスターバックスが、当然のごとく店を構えていた。ところがどこのスターバックスもそうだが、店内は思いきり禁煙である。

「何故俺はだらだらといつまでも煙草《たばこ》をやめられないのか……」

そして良明はコーヒーを持って外に出た。どうせ買い物するつもりで駅に来た。駅の外に出れば良かったのだが、内側に出てしまった。そしてスターバックスの並びの廊下の壁には、忽然《こつぜん》と不自然なドアがある。あまり一般客に気づかれないようにそっとそこにあるのは、スターバックスのトイレだ。

「いや……問題はそういうところにあるんじゃないよな……あちちっ」

その一つしかないトイレの前に立って順番を待っている男とがっちり目を合わせながら、良明は気を落ち着けようとコーヒーを蓋の穴から口に運んで熱さに悲鳴を上げた。

「何やってんだよ、良明。ふーふーしたげる。ふーふー」

大きな手で良明からコーヒーを取り上げて、蓋を開けて言葉の通り吹いているその男は、紛うかたなき愛一郎《あいいちろう》だった。

いや、愛一郎なのは別に毎日のことなのだが、どう違う解釈をしようとしてもしようのない、学ランを着ている。開いた襟元《えりもと》には校章、手には学生鞄《かばん》と、どうやらこのトイレで着替えるつもりだったのだろう荷物。

良明にでも推測のつくことだが、多分愛一郎は毎日学校の帰りにここで私服に着替えてロッカーに荷物を突っ込み、朝またここで着替えて……。

「……着替えて、学校に？」

新しい白い駅の壁に、いっそ死ねたら、ぐらいの勢いで良明は額をぶつけてみた。

「どしたの、良明。はいコーヒー、冷めたよ」

キョトンとして無邪気にコーヒーを差し出した愛一郎に、良明がいっそ何もかも夢ってことにして貰《もら》えないだろうかと目を閉じてみる。

それをどう誤解したのか、いやどうもこうもなく愛一郎は人目も憚《はばか》らず唇に小さく音を立ててキスをした。

「愛一郎……」

しかし良明には、今はそんなことを気にする余裕などない。

心拍数が上がり続けて、胸を押さえて壁に肩で寄りかかった。

「……その服は、なんだ？」

「え？　制服だよ」

「なんの？」

せめて大川興業《おおかわ》で働いてると言ってくれたらと一縷《いちる》の望みをかけて、半分わかり切ったことを良明が問う。

「高校。高い私立なのに今時学ランなんて信じらんないだろ？　伝統なんだってさ。俺詰め襟苦手なのに」

喉《のど》の辺りを邪魔そうに開いて、愛一郎は肩を竦《すく》めた。

「中学じゃなくて良かった……って、そんな良かった探ししてる場合かよ。……い、いくつなんだおまえ」

息を飲んで良明が、胸を掻《か》きながら問う。

「夏に十八になったよ。誕生日教えたじゃん、八月八日生まれ」

「ギリギリ……セーフなのか？　八月八日にはやってなかったもんな。いやアウトだよ……完全にアウトだよどう考えても」

両手で壁に張り付いて、壁になりたい、と良明は願った。

そして、愛一郎がきゃらっとしているせいで追及し損ねたあることに気がつく。

「意図的に……黙ってたな、おまえ」

そして隠しておいたことがバレたことに愛一郎も今気づいたのか、明らかに慌てふためいて一歩引き下がった。

「だっ、だってさ、良明二十五、六だろ？」

「七だよ！　言ったはずだそれはっ」

両手で七本の指を立てて、その年の差を良明が知らしめる。

「俺数字弱くて……だから、引かれると思ってさ」

「引いてるよ！　引きまくってるよ！」

そんな理由でもう二カ月以上も懇切丁寧に駅のトイレで着替えていたのかと、良明は何から怒ったらいいのかわからないくらい、かつてなく逆上していた。

「つかおまえ老け過ぎだろ。そんな十八歳ってありなのかよ!?」

「ひでえっ」

いやしかし考えてみれば、愛一郎の中身は確かに十八どころかそれ以下とも思えるところがある。

「ほとんどまるまる十歳違うじゃないかっ。つうか……っ」

それに時折愛一郎が話した「子どものころ」というのも、愛一郎にしてみれば昨日一昨日くらいの感覚で当たり前なのだろう。何しろ現役の高校生なのだから。

「おっ、俺は高校教師だぞ!?　他校生だからって……高校生と……」

それにほぼ二カ月、ほとんど愛一郎は自宅に帰っていなかったということになる。

「……そのうえ、プチ家出ってやつか……プチってなんだよプチって……なんでもプチつけりゃいいと思って今のメディアは」

学校に行っていたかも怪しい。

「しっかりして良明……」

「できると思うか!!」

「だってだってっ、それに俺が働いてると良明思い込んでてさ！」

「そうだ！　おまえ、あれこれ俺に金使って。あれはどうしたんだよ！」

「お年玉とかお小遣いとか」

「お……としだま？　お、こづかい？」

「バイト代もあるけど。良明と付き合い始めてからやめちゃった」

「バイトって……何してたんだよ」

「夜間の運送屋。俺力仕事しかできないしさ、頭悪いし。でも貯金なくなっちゃって」

「いいよ別に金なんか。そんなことより……っ」

「そんで、学校やめてきちゃった。さっき」

別れることが先決だ、これはあまりにも決定打だと良明が腹を括《くく》った瞬間、もっとも聞きたくはなかったことを愛一郎が頭を掻《か》きながらけろっと言った。

「……は？」

「ごめん。やめちゃった。あはは」

英二《えいじ》と裕也《ひろや》のやり取りを見ているので、良明が喜ばないことぐらいはわかっているのか、告白する愛一郎にさすがにいつもの勢いはない。

「心臓バクバクして来た……このまま死ねないかな俺。神様……」

壁に額をもう一度打って、そろそろいないこともわかって来た「神様」に、最後の願いを良明は投げた。

しかしもちろん届かない。

「……死なない……」

「ねえ……怒んないでよ、良明。もう十八だし、勉強なんか全然できないし俺。なんかすげえ高い私立に、親に行かせて貰って。悪いしさ」

「ちょっと待て！　そんでも高校だけは卒業して欲しいから親だって高い学費三年生まで払ってたんだろ‼」

多分今良明は人生最大の高血圧をマークしていて、自分でも聞いたことのないようなでかい声で愛一郎に詰め寄った。

「三年間確かに学費払ってるけど、俺一年生」

「え？」

「三度目の一年生やってるとこ。ダブったの、頭悪くて」

意味がわからず尋ねた良明に、懇切丁寧に愛一郎が説明する。

「やめたほうが親にも親切だと思わない？　今回も進級できないこと既に決まってんだよね

……中学って誰でも卒業できるけど、高校は無理なんだねって、担任もしみじみ言ってた」

「……それでも、親は」

「うち結構放任だしさ。二度目ダブったときに実は、好きにしていいって言われたんだよ。そんでも今まではなんか、俺も高校ぐらいはーって、適当に考えてたんだけど」

もういらないと気づいたように、愛一郎は学ランのボタンを外した。

「今は他にしたいことあるし」

首を傾けて、きれいに、愛一郎は笑った。

「なに……」

「良明といたい」

ずっと張ったようになっていた耳がパンと鳴って、急に駅のざわめきが良明の元に届く。

「俺働くから。運送の仕事、向いてんだ。だから昼も夕方も働いて、夜は良明といてさ」

何故だか酷《ひど》く落ち着いて愛一郎の言うことが、真っすぐ良明には聞こえなかった。

「一緒に暮らそ?」

掌《てのひら》で良明の頰《ほお》に触れて、その冷たさに一瞬愛一郎が目を丸くする。

「いやだって……言わないでよ」

「高校、本当にやめてきたのか」

それだけは阻止しなければと、頰を包まれたまま良明は息を飲んで愛一郎を見上げた。

「あとは親のハンコついて来て貰えって」

「……親御さんには」

「まだ話してない」

「今日は……帰って、ちゃんと話しなさい。ご両親と」

「本当に先生っぽいね、その喋《しゃべ》り方」

真面目に言った良明をわざと茶化そうとして、愛一郎が笑う。本当に笑っているときとそうでないときと、愛一郎ほどわかりやすい者はいない。

「先生なんだよ。……おまえはどう思ってても、きっと親御さんの意見は違う。学校どうするかは、親御さんの言うことに従うんだ」

「どうして？　お父さんもお母さんも、俺が生きてりゃそれで大丈夫だよ」

「それはおまえの思い込みだよ」

言い聞かせようとした良明に、苦笑して愛一郎は手を降ろした。

行き場を失ったような手を握って、ぼんやりと愛一郎は、その行き先を探すような目をしている。

「よくさ、お父さんは子どものころ勉強できたのよとか、言うじゃん」

「……ああ」

「普通、ウソじゃん。でもさ、うち本当なんだよ。お父さんとお母さんの通信簿、こんな取ってあって」

　その束の幅を両手で示して、愛一郎は溜息《ためいき》をついた。

「俺ガキのころ見つけちゃったんだけどさ。全部5とかでさ。体育だけ3とかさ。真面目で、落ち着きがあってとか、書いてあって。優等生だったんだよ、二人とも。すごい賢い教育大で出会ってんの。俺もそこ行けってガキのころ言われてたんだけど、もう名前も思い出せないや。最近全然、言われないから」

　そんなことを言いながら、それでもまた、愛一郎は笑う。

「俺、こんなでさ。勉強、したんだよ？　ガキのころ、お父さんとお母さんとつきっきりで。でもできないんだ。途中で二人とも、しょうがないって諦《あきら》めて。なんか、あんまり俺のこと考えないようにしてる。多分。俺のこと、困ってるんだ」

　けれど笑顔が、少しも愛一郎らしくなくて。

「二人が俺のこと好きじゃないとかは思わないよ。でもさ。教えてる子に、できる子とかいい子とかいて。そんでうちに来たりしてさ。ちょっと……俺が恥ずかしいんだ、お父さんもお母さんも。困るんだよ、困ってて」

　困っているというその言葉の通りに、愛一郎も何か困ったように目を伏せて。

「俺、それがちょっとだけ……悲しいんだ。うちに、あんまり居たくないんだ。お願いだよ良明」

見ていられないと思った良明を、はだけた学ランの胸に両手で、愛一郎は抱いた。

「一緒に暮らして」

制服の、匂いだ。

駅の構内で抱かれながら、ぼんやりと良明は思った。新陳代謝活発な年頃なのに季節にたった一度くらいしかクリーニングしない、埃《ほこり》くさい制服の匂いだ。仕事場はいつもこの匂いがしていて、子どもたちは気にならないらしいが良明は毎日、懐かしいような気持ちになる。

「沢山、働くよ俺。良明は俺のこと、なんでも許してくれる」

大人なら一つの季節一枚の上着ではいられない。汗をかいて洗っていなくて埃に塗《まみ》れて、それでも不思議に嫌な匂いにならないのは、まだ彼らが充分に子どもだからなのだ。

「誰ともしたことないのに、俺にさせてくれて。怪我《けが》させても大丈夫だよって、笑って。髪撫《な》でてくれて抱っこして眠ってくれて。いいよ、大丈夫だよって、良明」

そしてきっと、愛一郎も、また。

「良明の側《そば》にいたら俺、何も悲しくない」

いくら見た目は、大人びていても。他には何も、大人な部分を愛一郎は持っていない。

「……とにかく」

静かに、良明は愛一郎の胸を押した。

「今日は、うちに帰りなさい」

不安そうにする愛一郎の目を見て、良明は愛一郎が好きだというその、多分母親と似ているのだろう言い方で、笑った。


「じゃあ、ここに確認のサインを」

煙草をふかしながら、川沿いの、ほとんど豪邸と言ってもいいような8LDKSに運送屋が少ない荷物を運び込むのを見届けて、良明《よしあき》はぼんやりと書類にサインをした。

「あの、お荷物壊れてないか確認して頂かないと」

今日、今からすぐアパートの荷物を近くの実家に運んでくれと頼んだ良明の言い分を聞いてくれた、テレビでよく見る繋《つな》ぎを着た運送業者は、その適当なサインに戸惑って首を振る。

「いいよ、荷物なんかどうでも。ありがとう無理聞いて貰って」

約束の通り良明は、コンビニで降ろした現金で運送料を払った。

元々自分の部屋になっていた二階の北側の八畳間は何故か女たちの荷物に占領されていて、仕方なく良明は窓のない納戸に荷物を入れて貰った。

父親が死んでから母親が建てた、欧州の建材を使っているという足場のしっかりした家だ。

華美ではないが高い建材だとわかるのか運送業者たちは酷く気を遣って、それでも手早く荷物を運んでくれた。

あんな風に、愛一郎《あいいちろう》も働いていたのかと、想像とまるで違う愛一郎の仕事に良明は苦笑した。けれど知らない人間に媚《こび》を売ったり、笑いたくもないのに笑ったり、向いているようできっと愛一郎はそんなことをしようとは思いもつかないのだと、今はわかる。

愛情は無償で配られるものだと、愛一郎は信じている。彼にだけ与えられたかのような、辛《つら》い純粋さで。

「……ったく、無駄に広い家だな」

多分人を頼んで掃除させているのだろう床を通って、良明は納戸の荷物の上に腰を下ろした。少ない荷物とはいえ、運送屋が闇雲につめた箱を開けるのは億劫《おっくう》だ。

「このままに……しとくか。どうせすぐ越すし」

言いながら、何処にと、良明は溜息をついた。

良明はこの家が、子どものころからあまり好きではない。分不相応で自分の家という感じがまるでしないし、居場所がないような気がしていた。だから本当は、愛一郎の言ったことも少しはわかる。

首を振って、良明は耳に返ろうとする声を飛ばした。

取り敢《あ》えず着替えは必要だと、手近な段ボールを無造作に開けて見る。たまたま上にあった上着を羽織ると、運送屋も慌てていたのか下の方から緩衝材に包まれたマグカップが二つ、出て来た。

透明な緩衝材の中で、青い方のマグカップの取っ手が、割れている。

唇を噛《か》み締めて、良明は自分のしたことに蓋をしようとした。明日愛一郎がどんなに傷つくかそのことを、見ないように目を塞《ふさ》いだ。

けれど目を閉じても耳を塞いでも足りない。

目の前を愛一郎と、そして流れるようだったこの三カ月近くと、双子の妹の顔が、交互に過ぎた。

「だけど……だけど俺は……」

伸び過ぎた髪を、良明が段ボールの上で掻き毟《むし》る。

「高校教師なんだぞ!?　よりによってそんな……未成年者略取で下手すりゃ実刑だろっ」

「……何一人で騒いでんのよ、あんた。どうしたのよいきなり」

戸口から不意に、不気味なものを見るような女の声が、投げられる。

「いたのか、姉さん」

姉の瑞穂《みずほ》の、いつも年がわからなくなる完璧《かんぺき》なメイクとスーツに息を飲んで、良明は顔を上げた。

「何よあの荷物。帰ってくる気なの？」

「悪いですか。つーか姉さんこそ、一人暮らししてたんじゃなかったのかよ」

「あたしにはこの家に住む権利があることに気づいて、気分が悪いけど帰って来たの。悪いに決まってんでしょ？　もうあんたの部屋なんかあたしの衣装部屋よ」

「どっかに片付けろ！」

　元々南向きの広い十二畳ウォークインクローゼット付きの部屋を持っていて何を言うかと、良明が歯を剝《む》く。

「……どうしたのあんた、そんな声初めて聞いたわね。あのね、言わせて貰うけどあたしは、この家のローンを今や半分払ってるの。あんたにそんなこと言われる筋合いはないわよ」

「そりゃ……そうだ」

　学費まで出して貰って弁護士にならず家を出た良明には、本当にこの家は敷居が高かった。

　口をつぐんで段ボールの上で項垂《うなだ》れ、良明は何も言えない自分にやり切れなくなる。

　目の端に、懸命に愛一郎が選んだのだろうマグカップが、どうしても目に入った。

「なんで俺、こんな人間なんだ……っ」

「良かったらいい心療内科医紹介するわよ」

　頭を抱えたまま喚《わめ》いた良明に、瑞穂が肩を竦める。

「弟の悩み聞こうって気になんないのかよ？」

「そんな時間ないもの」

「……姉さん、一検事補としての意見を聞きたいんだけど」

行こうとした瑞穂に立ち上がり肩を摑《つか》んで、良明は引き留めた。

「もうとっくに検事よ。法律相談？　高くつくわよあたしは」

「金取るのかよ!?　……いや、払ってもいいけど」

廊下で立ち止まり、振り返って瑞穂が煙草に火をつける。

「……高校の教師が、高校生に手をつけたらどうなる」

「あんた」

煙を吐き出した瑞穂の、形相が変わった。

「おとなしく高校教師やってると思ったら、女生徒孕《はら》ませたの!?」

「違うっ、違うしっ、俺の話じゃ……っ」

いきなり煙草つきの手で襟首《えりくび》を摑み上げられて、良明は壁に背を打ち付けた。

「あんたの顔色見てりゃ、何かしでかしたことぐらいはわかるわよ」

「なら最初っから弟の悩みを聞けよ！　……他校の生徒で、未成年者だとは知らなかった。年は十八で、合意……っ」

容赦のない平手が、良明の左頰に飛んで来る。

「あんたね、そんなこと、言い訳にもなんないってことぐらいよくわかってんでしょ？　新聞沙汰《ざた》よ。週刊誌があたしのとこにも母さんのとこにも麻矢《まや》のとこにも来るわよ」

据《す》わった目で、瑞穂は良明の喉を締め上げた。

「……っ……」

「死になさい」

「……っ……」

このままじゃ本当に死ぬ、いっそそれもいいかと良明が目を閉じる。

「腹かっさばいて死になさい。あたしの夢はね、あんたのような犯罪者をどんどん刑務所にぶち込むことなの。母さんや麻矢が弁護してる犯罪者どもを、ガンガン社会から抹殺することなのよ！　そのひたむきな夢をあんたに邪魔する権利はないわよ!?」

「姉さんの夢には昔っからついてけなかったよ俺は……っ」

いややはり今は死ねないと、暗闇に青い火が灯《とも》って最後に愛一郎の顔が見えて、良明は瑞穂の胸を突き飛ばした。

立っている力は残っておらず、そのまま廊下に崩れ落ちる。

「ったく、自分の弟がそんな真似《まね》するだなんて。でもあんたいつかそんなことしでかす気がしてたのよ、暗くて抑圧されてますみたいな顔して。ガキのころに家の前の川にでも流しとくんだったわ、こんな真似されるぐらいなら」

舌打ちをして瑞穂は、空になった煙草箱を握り潰《つぶ》した。

「クズが」

「ぐ……っ」

どこのヤクザだという勢いで、つま先で瑞穂が良明の腹を蹴《け》る。

クズだと、それは全く姉の言う通りで、良明は反論の言葉もなかった。

ぼんやりと天井を眺めて、またいくつかの風景が、良明の前を流れる。

「……麻矢は？」

「今度は弁護士に相談するつもり？」

「そうじゃないけど、随分会ってないから」

「法廷か事務所でしょ。あの子寝に帰って来るだけよ、新宿《しんじゅく》にマンション借りるって言ってるんだけど、さすがに環境悪いと思って止めてるの。いくら治ったって言ってもね……」

一分の情けもないのか、瑞穂は良明に手も貸さなかった。

「……そうだな。あんまり、無理は。あいつ」

よろよろと、良明は壁伝いに立ち上がった。

「麻矢に会うなら、早く帰るように言ってちょうだい。あんたの処遇についてはあたしもよく考えるわ」

ぞっとするようなことを言って、瑞穂が良明の尻《しり》を蹴る。

「まあ、さっさと結婚でもするのね。逃げて来たんだったら」

ようやく、多少は身内らしい意見を言って、瑞穂は自分の書斎に消えた。

「結婚……？」

考えてもみなかったことを言われて、一歩一歩階段を降りながら良明が溜息をつく。

別に生来のゲイだったはずはないのに、そういえば自分が結婚について何も展望を持ったことがないことに、良明はふと気づいた。


何しろ姉はああだし、一緒に産道を通った女がこれだから、と。

都庁近くにある事務所で遅くまで残業していた妹が、立派なガラス張りの自分専用のオフィスで兄を睨《にら》むのに、良明《よしあき》は溜息をついた。

「……なんの用よ」

手を動かしている麻矢《まや》は、端《はな》から迷惑を露《あらわ》にした。

数え上げてみれば一年近く会っていない、双子の兄妹だというのに。

「なんとなく、おまえの顔見たくなって」

「何それ」

「しばらく俺、実家に置かせて貰うから。すぐ出てくと思うけど。姉さんが、早く帰れって。

おまえのこと心配してた」

「何も心配されるようなことはないわよ。……それより家に戻るってどういうこと？」

「しばらくだよ」

「なんかしたの？」

似ていない似ていないと良明は思っている双子の妹は、けれど容姿は当たり前だが普通の兄弟よりよく似ている。

だが決定的に違う強い眼差しで、麻矢は相変わらず良明を睨んでいた。

「……ああ、まあそんなとこだ」

「何よ。家族の弁護はしないわよ」

「……なんだよ、みんないつか俺が何かしでかすと思ってたんだな。ったく」

一応不安になったのか手を止めて身を乗り出した麻矢に、良明は断りなく端にある小さなソファに座った。

「良明、それあたしの休憩用の椅子《いす》」

「俺だって休ませろよ」

「あんた人生手抜きのし通しじゃない。人と争わない、譲って、頷《うなず》いて笑って。リスクの少ない道を選んで。休みっぱなしみたいなもんでしょ？」

「……おまえに言われると応える」

胸ポケットの煙草に手をかけそうになって、良明が指を握る。

二卵性なので、似ていると言っても体質は様々違って、子どものころ麻矢は酷く体が弱かった。

よく高熱を出して、今度こそ駄目かもしれないと母親が泣いたし、長らく小児喘息《しょうにぜんそく》も患っていてそれは本当に辛そうだった。

だから良明は決して麻矢の前で煙草を吸わないし、麻矢に対して何か主張したりしない。

「あたしのせいで、そういう人生になったと思ってるから？」

不意に立ち上がり、高いところから麻矢は、良明を見下ろした。

「……そんなこと、思ってない」

「思ってたって言わないわよね、良明は」

口の端を上げて、麻矢が嘲《あざけ》るように笑う。

「あたしは思ってるわ。良明のお陰で、あたしはこういう人間になったって」

ライターを取って、麻矢は良明に投げた。

「吸いたきゃ吸いなさいよ」

「……いや」

「わかるわよ。一番母親が恋しいころに、母さんはあたしに付きっきり。行事が重なっても必ず、良明は言ったわ。麻矢の方に行ってあげてよ、母さん」

「そんなことは俺は」

「気にしてないでしょうね。やさしいお兄さんだったもの、良明は。なんでも譲ってくれたから、自分が妹に何を譲ったのかもいちいち覚えてられないわね」

「麻矢、俺は」

「あたしは良明のお陰で、人の憐れみなんか死んでも受け取らない強い人間になれたわ」

顔を上げた良明の言葉を遮《さえぎ》って、麻矢は掌《てのひら》で机を叩《たた》いた。

「なんでもどうでも良さそうに、良明があたしに譲るのが、あたし本当に耐え難かった。あたしきっとそう遠くなく死ぬんだわって、思ったわ。良明の目が、あたしを見て言ってた。かわいそうな子だからしょうがないって」

「思ってないって、そんな」

「良明は、妹が病気だったせいで自分がそういう、なんでも人に従うような人間になったと思い込んでる！」

指さして麻矢は、いつも、良明が大きな蓋で隠している心を、暴いて指さす。

「妹のせいで自分があんまり幸せじゃないと思ってるのよ！　ふざけないでよっ、あたしがいつ病気に甘えた!?　あたしがいつ、体が弱いからお兄ちゃんあたしに譲ってよって頼んだ……!?」

酷く感情的になって麻矢は、良明の胸に摑みかかった。

何故今日、そんな風に麻矢がずっと黙っていたことを言葉にしたのか、良明にはよくわかった。

愛一郎のことがこうなったのも全《すべ》て、麻矢のことが自分の基盤にあるからだと、良明が今までで一番の、妹を咎《とが》める気持ちを、持って来たからだ。

「……俺のこのどうしようもない性格は、生まれつきだ」

胸を叩いて、悔しいのだろう、泣いた妹を、初めてそっと良明は抱いた。

「なのに、それで嫌なことがある度……確かにずっと、おまえのせいにしてきた。自分のせいのはずがないと、逃げ道にして来たんだ」

そして、泣き顔など決して人に見せたくないのだろう気丈な妹を、休むためだという酷く心地の良い椅子に座らせる。

「ごめん、麻矢」

眉《まゆ》を寄せて、驚いたように麻矢は良明を見上げた。

「もう、しない。家も、すぐに出るから」

「お兄ちゃん……」

そう言ってオフィスを出た良明を、一度だけ子どものころのように、弱い言い方で麻矢が呼ぶ。

本当は麻矢のその声が好きではなかったと、子どものころ自分が良い兄ではなかったことをはっきりと良明は思い出していた。

不満を、病んだ妹の心に乗せていた。

ずっと、癖のように目の前を過《よぎ》っていた弱い妹の顔は、良明の前から消える。

そしてこれからは今日捨てた恋人の目が自分を責めるのだろうと、良明は当てもなく夜の町を歩いた。


飲み過ぎたと気づいたのは、歌舞伎町《かぶきちょう》で肩がぶつかった男に殴られた時だった。

もうどのくらいの時間飲んでいるのか、どのくらいの量飲んだのか、見当もつかない。意識も覚束無《おぼつかな》く良明《よしあき》は、何処かの店の壁に寄りかかった。

裕也《ひろや》のところにでも行こうかと思ったが、そんな気持ちにもなれない。裕也は良明を責めないだろうが、きっと自分が裕也の目を見られない。

決して星など見えない空を、良明は見上げた。

——アイは愛が貰えれば男でも女でも動物でもいいの。

寒空に餌《えさ》を探す野良猫が目の前を通って、ならおまえはどうだと、声をかけそうになる。

――愛してくれれば、誰でもいいの。アイは。一緒にいてやさしくしてくれる人なら誰でもいいんだよ。

明日から、今からでもいい。誰か自分の代わりに愛一郎《あいいちろう》にやさしくして、愛一郎の側《そば》にいてやって欲しい。そうすればきっと愛一郎は寂しくない。そしてできれば、精一杯の愛で愛一郎を、愛してやって欲しい。

「……俺には、無理だから」

呟《つぶや》いて良明は、何故と、自分に笑った。

何故だろう。

だって何も、自分で決めたことがない。何も自分で選んだことがない。何も欲しくなかったし、誰も、愛したことなどなかった。

やさしくしたことも、ない。

いつも考えていたのは、己のことだけだ。責任を引き取らず、負荷を負わず、ただ日々を過ごして。

「……あなた」

場に似合わないやわらかい女の声が、良明の頭上に降った。

「大丈夫ですか、誰か呼びましょうか」

ここは深夜の歌舞伎町だというのにやけに丁寧な言葉で、女が良明の肩を揺する。

「本当は麻矢《まや》は、俺に悪いと……思ってるんだ」

ぼんやりと視界が揺らいで、良明には女の顔がはっきりと見えなかった。

ただ誰にでもいいから、話をしたかった。それはおまえが悪いと指さして、罵《ののし》って貰えれば少しは荷が降りると、馬鹿な考えで。

「……麻矢さん？」

「もしかしたら自分のせいで兄貴があんなふぬけになったんじゃないかって、兄貴が自分を恨んでるんじゃないかって」

酔っ払いを口説いて回る宗教家か、何か新手の風俗の呼び込みかと、話を聞いている女の胸に良明が縋《すが》る。

「いつも俺を睨む。麻矢を恨んだこともあった。だけど麻矢は何も悪くない。妹はいつも苦しくて苦しくて……喉を風みたいに鳴らして」

「そう……それは辛いわね」

「何もかも許せる人間になりたいと思ったんだ。なのになんで俺こんな……」

体を丸めて、いつも愛一郎がするように良明は女の手に納まろうとした。

「別に、教師なんかやめてもいいのに。どうして愛一郎を、捨てたりなんか」

酒とは違う、良い匂いがする。

「本当に、やさしい人間に……」

してください、神様と、この期《ご》に及んで癖のように役立たずを良明は呼んだ。

この期に及んでまだ誰かのせいにしたり誰かに頼んだりするのか自分はと呆《あき》れながら、この女の店で大金ぼったくられるのが今日の自分には似合いだと、腕を引かれるまま良明は立ち上がった。


「……そんでまたやったのか俺は」

目覚めたのは風俗店ではなく、清潔で可憐な、女のベッドだった。

割れるように痛む頭を抱えて隣を見ると、女が体を丸めて眠っている。

よくよく見ると女も自分も裸ではなかった。だが女は寝間着で、良明《よしあき》はローブを着せられている。

服は何処だと顔を上げた途端、部屋の何処かで聞き覚えのある音楽が鳴った。音の方を見ると、よろよろになった良明の上着が、ものの良さそうなダイニングの椅子に掛けてある。

鳴り響く曲は愛一郎《あいいちろう》が入れた、「世界は二人のために」だ。この着信音のために良明は随分恥ずかしい思いをさせられたが、音を切ると愛一郎が怒るのだ。

「……携帯に、出ないぐらいのことは……俺にだって」

せめて耳を塞がずに、良明はいつまでも鳴り続ける上着を見ていた。いつまでも見ていようと思った。蓋をしても蓋をしても、何もない部屋を合鍵で開けて、何処に行ったかわからないと大家や住人に聞いて、きっと泣いているのだろう愛一郎の姿が良明の目の前に在る。

「愛一郎……」

だけどもう、今更どうすることもできない。

二年待つと言っても愛一郎は聞かないだろうし、何より、昨日良明は愛一郎を捨てたのだ。

「お目覚めですか……？」

隣で、ぼんやりと聞き覚えのある女の声が良明に投げられた。

振り返って、顔を上げた女に良明は心底ぎょっとした。

「こ……こんな女の子に、俺……なんてことを」

女はどう見ても、十七、八にしか見えない。もしかしたらもっと下なのかもしれないと、もう飛び降りて死ぬしかないと空しか見えない窓を見る。

「俺、ロリコンなのか……もしかして」

「失礼です。もう成人しています」

きっぱりと女が言うのに、良明は胸を摑んで撫《な》で下ろした。

「そ……そうなの？」

しかしどう見ても女は二十そこそこにも見えない。

「ええ。それに……何を心配なさっているのか知りませんけど、わたくし、お嫁入り前にそんなこと致しませんわ」

家の、あの強烈な女たちと、何故かいつもそれに近い良明をいいように扱おうとした過去の恋人たちの誰とも違う、初めて見る少女、もとい女の恥じらいに良明は戸惑った。

学校の生徒たちとも何かが違う。

しおらしく慎ましく、控えめだ。

「あの……すみません、どうしてこんなことに。僕酔っ払ってましたよね。失礼をしませんでしたか?」

「……誰かに、やさしくなさりたいと。縋りついてらっしゃって」

慈愛に満ちた微笑《ほほえ》みを、女が浮かべる。

何か宗教家なのかもしれないと、一瞬良明は背を冷やした。しかしこうなったからにはもうこの際その宗教に入ってしまってもいいのではないかと、自棄《やけ》も既に限界を越えている。

「それで、あなたの部屋に?」

「わたくしたち体温が一緒なんですのよ。それで熱を取られることも取ることもなく、気持ち良く眠ってしまったんですのね」

寄り添って眠った訳を女はそう話して、恥じらって俯《うつむ》いた。

　愛一郎はいつも自分より体温が高かったことを、良明は思い出した。知り合ったのは夏の終わりで、最初は暑苦しかったけれどやがて心地よくなった。思えば良明はいつも、愛一郎の体温を奪っていたのだ。時折、愛一郎は子どものような風邪《かぜ》をひいて、学校を休んでと良明にせがむことがあった。

「一度だけ……休んでやったら、えらく喜んだな。あいつ」

「どうしました?」

「いえ……その、本当にすみませんでした。俺、帰らせて頂きます。お礼はまたあらためて」

「あら」

　キョトンとして女は、立ち上がろうとした良明のローブを引く。

「でも一緒のお布団で眠ってしまっては、お嫁に貰って頂かないと」

　冗談とも本気ともつかないことを言って、女は笑った。

「……ええと、俺何も、しなかったんですよね」

「やさしくしたい、って。わたくしやさしくして頂いて」

　出会ったことのないタイプの女は、世間に氾濫《はんらん》していながら今まで出会ったことがなかった訳ではないらしいと、今更、良明も気づき始める。

「あなたが、とても気に入ったんです。これからもやさしくして頂きたいんです。駄目かしら」

どうも、この女は何処にもいない唯一無二の女だと、そんな予感がした。

やわらかな笑顔に、良明は後退《あとずさ》る。

「でも、何もしてないなら……自分は」

「あなた、とても暮らしやすそう」

女の微笑みは、多分今後の人生設計の中に御しやすい男を組み込んだ証《あか》しだ。

良いように相手を支配する女とは散々付き合ったが、多分これはアドベンチャー・ゲームで言うならラスボスという奴なのではないかとにわかに良明は気づいたが、もう遅かった。

どんどんと扉が叩かれ、間があいて大仰に背の高い扉が開いた。

ほとんどその扉に張り付いていた良明が、吹っ飛ばされて床に倒れる。

「……いつまで寝てる、優子《ゆうこ》。今日は三橋《みつはし》の会長と会食が……」

「お父様」

優子と呼ばれた女は、横に良明の三倍もあるような頭の禿《は》げた男を父と呼んだ。

「誰だ？　その男は」

プロレスラーか、相撲《すもう》取りか、とにかく娘と似ても似つかない父親が、良明を見て顔色を変える。

「わたくし、この方と結婚しようと思いますの」

「……そんないきなり」

父親の方は普通の感性を持ち合わせているのか、動揺を隠せない。

「ね……ええと」

名前がわからないのか優子は、一点の曇りもない笑顔を良明に向けた。

——まあ、さっさと結婚でもするのね。逃げて来たんだったら。

姉の声が耳に返って、「世界は二人のために」が、また部屋に響く。

早く、愛一郎も忘れた方がいい。こんな薄情な、何もしてやれない恋人のことは、捜すことも諦めて振り切ってしまった方がいい。

愛一郎はやさしい、純粋ないい子だ。いつか必ず誰かが愛一郎を幸せにする。愛一郎を、居たくないという場所から出してくれる。そして愛一郎は、その誰かを簡単に愛してしまうはずだ。

自分のような人間に、騙《だま》されたのだから。

鳴り続けた音楽が、途切れるのに良明が目を閉じる。

「……お嬢さんと、結婚させてください」

そして良明は床に倒れたまま、ついに自分の人生を丸ごと放り投げた。

「……いくらなんでも展開早くないか……？」

祭壇の前、バージンロードの果てに立ち尽くして、タキシード姿で呆然《ぼうぜん》と良明《よしあき》は呟いた。

出会いから二週間目の日曜日、予約など取れるとは思えない目黒《めぐろ》の有名な結婚式場で大安に、良明は山村優子《やまむらゆうこ》の婿になることになった。

教会のベンチでは、葬式のようにずっと裕也《ひろや》が泣いて、英二《えいじ》がその肩を抱いて良明を睨んでいる。不祥事が明るみに出る前にそれ行けやれ行けと良明を婿養子に出した母と姉は、派手なドレスで晴れ晴れとしていた。

だが喪服のようなブラック・フォーマルの麻矢《まや》は、相変わらず不機嫌そうに良明を睨んでいたが。

あとは学校の同僚、生徒、大学の同級生が何人か。それが良明の交流関係の全てだ。

一度だけ、愛一郎《あいいちろう》の携帯に、良明は電話をかけた。

ごめん、結婚するからもう付き合えない。高校だけは卒業してくれと、それだけ言って電話を切ろうとしたけれど、いつまでもいつまでも愛一郎が泣いているので中々切れずに、良明は携帯をずっと見ていた。

「あいつ、素麺《そうめん》も読めなかったもんな……無理かもな卒業はやっぱ」

独りごちた良明の声をかき消すように、パイプオルガンが鳴って聖歌隊の歌声が響く。

かちんこちんに緊張した父親の腕に手をかけて、悠然と、美しい白い衣装の花嫁が現れた。

教会の新郎席が、派手にざわめいた。化粧をして花嫁衣装を着れば余計に、優子は十代にしか見えないあどけない清純な美しさを放つ。

「おいおい……中村《なかむら》、花嫁さん若過ぎだろ」

「どうやって貰ったんだよ！　こんな美少女」

この犯罪者、と。生徒たちは黙っていられず感嘆の声を上げた。

「……どうなさいました？」

ゆっくりと良明のところまでたどり着いた優子は、緊張などかけらもしないのかにっこりと微笑む。

「現実離れした……年齢だと思いまして……」

眉間《みけん》を押さえて、良明は優子と向き合った。

「いくらなんでもそのあどけない顔で三十五って、それあり得ないですよね……」

「……ひどい……幼く見えるの気にしてますのに……。年上の妻はいやですか？」

「いや、問題は結婚式当日まであなたがそのことを曖昧《あいまい》にしていたことで」

「あなたもはっきりと聞かなかったではないですか」

「……その通り」

何度かはぐらかされてそのままにしていたのは確かに自分だと、良明が長い溜息をつく。

「年齢なんか問題じゃありませんわ」

「……俺より、年上ならね。十だろうが二十だろうが……」

神父の言葉が始まって、あたふたと良明は手順を頭の中で復習《さら》った。

「俺今年こういう当たり年なのかな……年近いと思ったらえらい年下。年下だと思ったらえらい年上」

投げやりに呟いて、いやそんなことより大きな問題がと、ちらと新婦席を振り返る。

何!? 学校の先生様がうちの娘を貰ってくれるだと!! と、いきなり土下座しながら実家に飛び込んで来た優子の父親のことが、非常に良明は気になった。彼は既に、こんな日が来ようとはと号泣している。

この容姿でこの年まで優子に縁談らしい縁談がなかったらしきことも、早急すぎる日取りの進め方も普通ではない。

まるで、良明の気が変わらないうちにと、そんな風に。

「つかそうとしか思えないよな……」

それだけではない。山村の親族席は、何か、おかしい。とにかく普通じゃない。どの辺がかというと、平たく言えば誰も堅気《かたぎ》に見えやしない。

「……どうかなさいましたか、新郎」

「い、いいえ」

神父に問われて、良明は真っ白なタキシードの背を伸ばした。胸には白いきれいな生花が飾られている。泣きながら裕也がコーディネートしたものだが、何か、自分には似合わない白さだと気が重かった。

愛一郎のことはやめた方がいいと言った二人だったのに、裕也も英二も控室では良明を酷く責めた。

今までとは違うと、愛一郎を庇《かば》って裕也は最初のころに言った言葉を取り消して、考え直してと、泣いたけれど。

もちろん、悪いのは愛一郎ではないのだと、多分裕也もわかっている。

いっそ水色のタキシードにして貰えば良かったと、変に、恋しいその色を良明はぼんやりと思い出していた。

青い携帯は、梱包して箱に詰めた。沢山の、愛一郎が良明にくれたささやかなものたちと一緒に、段ボールに入れて実家の納戸の奥にしまった。捨てられはしなかった。

なら何故あんな風にあっさりと愛一郎を捨てることができたのだろうと、良明はこの祭壇の前まで来ても、何度も考えては見慣れない光景を眺めた。

教師だったからか。

二人の関係が犯罪と言われて、家族に迷惑がかかるのを恐れたからか。

制服を着た愛一郎を見た瞬間に青ざめた理由は、いくつ上げても足りない。

「……でも……そうじゃ、ないな」

汝《なんじ》、病めるときも健やかなるときもと、絵空事のような言葉をぼんやり聞いて、三カ月どんなときも側にいた恋人のことを、良明は思った。

——良明は俺のこと、なんでも許してくれる。

抱かれた胸から、埃の匂いがして。

——誰ともしたことないのに、俺にさせてくれて。怪我させても大丈夫だよって、笑って。髪撫でてくれて抱っこして眠ってくれて。いいよ、大丈夫だよって、良明。

純粋さが、求めるものが与えられたと信じているのが、痛いほどわかって。

——良明の側にいたら俺、何も悲しくない。

無理だと、あのとき良明は思った。

逃げたのは、愛一郎が九つも年下だからでも、高校生だからでもない。

望みを、本当はきっと何も叶えてやれないと思ったからだ。

だって自分は優柔不断の、ただの流されやすいだけの嘘つきで、不満があっても口にしないで誰かのせいにしてそれで気が済んでしまう不甲斐《ふがい》ない馬鹿で。

「……何か、気になることでも?」

いつの間にか教会の入り口を気にして振り返った良明の袖《そで》を摑んで、やんわりと優子が咎めた。

「何も」

笑ってから、ほら、これがいつもの自分だと良明はやり切れなくなる。

神父に向き合おうとして、自分を睨んでいる麻矢と、はっきりと良明は目が合った。

——なんでもどうでも良さそうに、良明があたしに譲るのが、あたし本当に耐え難かった。あたしきっとそう遠くなく死ぬんだわって、思ったわ。良明の目が、あたしを見て言ってた。かわいそうな子だからしょうがないって。

麻矢が思いきり詰《なじ》ったような自分が、本当は良明もずっと、ずっと堪らなく嫌いで。だけど、指先に微《かす》かに、そうじゃなかった自分が居残っているような気持ちが、また良明を振り返らせようとした。

体を丸めて、寂しいと泣いて、一緒にいたいと笑って、許して欲しいと言った青年の髪を、しっかりと胸に抱いた感触がまだはっきりと残っている。

その寂しさ、足りなさを、埋められはしないかと撓《たわ》んだ指は痛んで、自分がそんな力で何かを守ろうとしたことなどなかったと、教えられて。

この三カ月、良明は少しずつ自分が、嫌いではなくなっていた。

「……優子、さん」

目の前を、愛一郎と一緒に抱いた、彼が選んだブランケットの青が、海のように映える。

あの愛一郎が連れて来た色々は、きっと、愛一郎が見ていた自分だと、ふと、良明は思った。

手にしたことがない色だけれど、とてもきれいで、ゆっくりと良明の身の回りに馴染《なじ》んで行った。

在るのかもしれない。

自分が知らないだけで。

あんなきれいな色が似合うきれいな心が、もしかしたら愛一郎の愛に、応える力を持ってこの身のうちに。

「実は……僕は、ですね」

唐突に口を開いた良明に、神父が宣誓の声を止める。

天井の高い教会が、ざわめいた。しかしそれは良明が口を開いたせいではない。

開いたままの教会の扉から、息を切らせた男が入って来たからだ。

外の明るい冬の日差しに逆光になっても、すぐに、その上背《うわぜい》のある男が誰なのか良明にはわかる。

結婚式には似合わないデニムにTシャツを着た若い男がバージンロードを歩いて行くのに、人々はただ呆然としていた。

もちろん良明も、呆然としない訳ではない。

「……教会の名前、裕也に聞いたのに。間違えて違うとこ行っちゃって」


「なんですか……？」

結婚式一個壊しちゃったよと、良明の前に立って愛一郎は笑おうとした。

けれど笑えずにくしゃりと、顔が歪《ゆが》む。泣いて、泣いて、愛一郎はそれ以上自分から言葉が出ない。

現実感のない浮き上がったような愛一郎の姿を、良明は見つめた。

「なんなんだよ……おまえ、その花」

伸びた髪に愛一郎は、白い花を耳に掛けて差している。

「かわいくない？　これ。かわいい、花嫁さんだね……これじゃ、駄目かな俺。かわいくしてきたつもりなんだけど、白い花、かわいいだろ？」

言いながら子どものように泣いて、しゃがみこんでしまって愛一郎が良明の膝《ひざ》に縋る。

「おい……その男を外に出せ！」

一瞬、全ての人が花嫁を攫《さら》いに来たと普通に誤解したが、すぐにそうではないとわかって花嫁の父は顔色を変えた。

もうおしまいだろう、とは、一応良明も思った。

こんなこともしでかしてくれるような気はしていたけれど、それにしてもやってくれたとは一応思った。

何しろ結婚式の最中に、男が新郎を迎えに来たのだ。ここのところ何度か終わった人生も、まだまだ終われるのだと良明は半ば感心した。

「かわいく……ないかな？」

しかもでかい図体で泣きながら、愛一郎はそんなことをよく通る声で言って。

それでもまだ、選択肢はいくつかあった。

この状況で良明は、もう少し違う言葉を選べないことはない。

「……かわいいよ」

なのに何故だか口から出たのはそんな台詞《せりふ》で、胸の自分の花を、良明は取った。

「かわいいから、泣くな」

反対側の耳に、その花をそっと差してやる。

「良明……」

何を、やっているんだとは思ったが。

涙が頬を伝ってすっかり濡《ぬ》れてしまった愛一郎の唇に、初めて、良明は自分からキスを渡した。

「むっ、婿さんあんた……っ!!」

駆け寄った花嫁の父もその部下たちも、悲鳴を上げて立ち止まる。

「……優子さん、ごめん」

はっとして、菩薩《ぼさつ》のような顔で立ち尽くしている優子を見上げて、良明は愛一郎の手を引いて立たせた。

「本当にごめん……」

「良明……俺と、来てくれるの？」

手遅れだと思いながらも、何度重ねてもきりのない謝罪を重ねようとした良明を、愛一郎が泣きながら掻き抱く。

「愛……待て……っ」

そのまま愛一郎は体軀《たいく》の良さに任せて良明を、花嫁よろしく抱き上げた。そんなつもりはないと今更良明も言う気はないが、そのまま有無を言わさず愛一郎はバージンロードを駆け抜ける。

裕也と英二が立ち上がって手を振るのが、良明の視界の端に映った。

外に止めてあった教会が用意した白いオープンカーの運転席に、愛一郎は良明を乗せる。

「……俺が運転すんのかよ」

「俺免許持ってない」

「だよな」

どうせ、もう戻りようもないと良明は笑った。

鍵《かぎ》は白いタキシードのポケットに入っていて、取り敢えず何処かまで行こうと良明がエンジンを掛ける。

後ろからばたばたと足音が響いて焦ると、最初に車に追いついたのは、麻矢だった。

「麻矢……」

　家族に大恥を掻かせてここも謝っておくところだろうと良明が口を開くと、麻矢がハンドバッグから出した財布を投げる。

「あげる。お金無いと困るでしょ？」

「だけどおまえ」

「色々言っちゃったけど、本当はお兄ちゃんには不自由な思いさせたって、あたしもそれ……負い目だから」

　行きなよと、麻矢はにこりともせず小さく手を振った。

「……金で解決か？」

「何でだって、一生解決なんかできないじゃない」

　和解は無理、と麻矢は肩を竦めて眉を上げる。

「……そうだな。貰っとく」

　花嫁の父が転びながら追うのが見えて、良明はアクセルに足を掛けた。

「麻矢、おまえも幸せになれ」

「……お兄ちゃん、幸せなんだ。それ」

　呆れ返ったように麻矢が言うのを聞きながら、言われてみるとどうなのかと思いながらも良明がアクセルを踏み締める。

「妹さん!?　お兄さんは僕が幸せにしますから……っ、うわっ!!」

突然、教会に横付けされていた黒塗りの外車に次々と人が乗り込んで、パン、と聞いたことがないような音が透明に澄んだ青空に響いた。

「な……っ、なんだよこれ!?」

「よくもうちのお嬢にあんな大恥を……っ！」

「お嬢!?」

歯を剝いた若い男が叫ぶ言葉の現実感のなさもさることながら、その男の手にしているものにも現実感がない。

車に乗り込んだその男が、常に優子の側にいてひたすら自分を黒メガネ越しに睨んでいたことを、良明は思い出した。

朝から変だと思いながら目を逸《そ》らしていた窓も塗りつぶしてある外車が走り出し、またパンという音を轟《とどろ》かせる。

「ひ……っ！」

派手な音を立てて、オープンカーのフロントガラスが割れた。

「け……拳銃なのかこれ!?」

「なっ、なんなんだよ良明！　あの人たちなんなの!?」

「いや……よくは俺も……っ」

「なんでよくわかんない人たちと結婚なんかしようと思ったんだよ!!　俺と別れるために!?　俺が高校生なのってそんなに駄目だった!?　もう高校生やめたよ本当に！」

「今はそんな話してる場合じゃないだろ……っ、頭伏せろ！」

本当に、何故懲《こ》りないと百万回良明は自分に問いたいところだが、優子の父親が堅気でないことには薄々感づきながらも目を逸らして蓋をしていた。

「現実かこれ……っ!!」

どれだけ懲りることがあったとて、二十数年間培った人間の性格がそう簡単に改革されれば誰も苦労はしない。

「神様……っ」

そしてまた、この役に立たない叫びも結局直らない。

しかし缶や花を山ほどつけた白いオープンカーはイタリア製で、無駄に高性能のエンジンを積んでいるのかかなりのスピードが出た。

闇雲に走るうちに渋滞に突っ込む羽目になったが、それは敵も同じで渋滞のかなり後方にいるようだ。

空を無数のヘリが行くのが見えてパトカーの急行する音が聞こえ、車のラジオを入れる。丁度、昼の時報とともにニュースが始まった。

『……新しいニュースが入りました。目黒区近辺で、発砲事件が発生しております。事件は、広域暴力団山村組組長、山村熊五郎《くまごろう》六十七歳による……』

「良明っ、暴力団の人と結婚しようとしてたのかよ!?」

「……逃げる。逃げ切れる。逃げ切れなきゃ二人で多分東京湾《とうきょうわん》だ……」

一瞬空いた道に無理やり割り込んで、とにかく目黒を離れなければと当てもなく闇雲に良明は走った。

「お……俺、いいよ良明と東京湾なら。もう、それでも」

真昼の公道だというのにパンパンパンパン軽い銃声が後ろから近づいて来て、愛一郎が十字を切る。

「遊覧船に乗せて貰える訳じゃないんだぞ!?」

「だって……」

助手席に深く身を沈めて、愛一郎は目を伏せて笑んだ。

「良明、かわいいって言って、キスしてくれた。もう俺、捨てられたと思ったのに、俺の手を……選んで、くれたし」

そう言って花に触れようとして、風にそれが飛んだことに愛一郎が気づく。

「あ、良明がつけてくれた花がない！」

慌てて、愛一郎は花を探そうとして身を起こした。

途端狙《ねら》ったように銃声が響いて、慌てて良明がハンドルを手放し愛一郎の腕を引く。車はガードレールに当たって、横腹に大きな傷をつけた。

「このバカ！　花なんか何度だってつけてやるよっ」

「……本当に？」

何度でもと、その言葉に愛一郎が、瞳の端を濡らす。

「……約束だ」

頷いて良明は、もう振り向く余裕はないと、ひたすら前に車を走らせた。

何処に出るかと思った道の先に、関越《かんえつ》自動車道の入り口が見えてくる。

混んだ高速の乗り口に割り込んで良明は、それでも律義に券を受け取って関越をぶっ飛ばした。

白い派手な装飾のオープンカーにどう見ても花婿と男の二人連れは、当たり前だが一般道の時点から注目の的だ。

「さ……寒いよ‼」

「当たり前だ……オープンカーで。幌《ほろ》っ、幌ついてるはずだよな⁉」

晴れた真昼とはいえ真冬のオープンカーはきつく、良明は必死で慣れない車の幌を上げる装置を探した。

あれこれいじって、ワイパーを動かしたりウォッシャー液を出したり、あまつさえトランクを開けたりしながらようやく幌が上がる。

そうすると銃弾のお陰で真っ白になったフロントガラスが邪魔で、足で蹴って良明はフロントを吹っ飛ばした。

「よ……良明、なんか映画みたいだよ」

「教会に入って来た時に、おまえは映画みたいだと思わなかったのかよ。……なんか、何も現実じゃないような気がして来た……目の前が……」

「よっ、良明!?」

敵はこちらが関越に乗ったことにまだ気づいていないのか見失ったのか、今のところ後続の車は見えない。

「……ちょっと、運転代われ。愛一郎」

本当に目の前が暗くなりかけて、良明は車を路肩に止めた。

「どうしたの良明……うわっ、なんだよこれ！」

ハンドルを抱え込むようにして息を切らせた良明の、白いタキシードの右腕が真っ赤に染まっていることに、初めて愛一郎が気づく。

「さっき俺のこと庇ったときに撃たれた……？　なんで言わないんだよ!?　病院行かないと！」

「かすり傷だ。こんなの傷ドライでも吹き付けときゃ治る」

目に見える血の量ほど大事じゃないことは良明自身は思い知っていたが、急激に体温が下がったのもあって目の前が暗いのだ。

「俺のせいだ。ごめん良明、俺……俺……っ」

だが愛一郎はもう良明が死ぬとでも思うのか、泣いて、傷ごと良明を抱き締める。

「いて……いててっ、放せおまえ」

ふっと、良明を放して、愛一郎は助手席に良明を抱いて移した。見よう見真似でエンジンを掛けて、抱えたハンドルに額を打つ。

「俺」

「愛一郎……？」

「……帰す、良明のこと」

「何言ってんだよ……おまえ今までずっと捨てないで捨てないでって、そればっか言ってたくせに」

帰るにはどうしたらいいかと辺りを見回している愛一郎に、良明は笑った。

「誰でも、いいんじゃなかったのかよ。傷物の俺じゃだめか」

「駄目。……駄目だよ」

帰す、と。

掠《かす》れた声で言って、愛一郎はまた、泣いた。

「……俺、良明のこと何も考えてなかった。良明の仕事とか、良明の家族とか、友達とか」

愛一郎が立ち止まるのを、初めて見たと、良明は思った。

とにかく愛一郎はいつでも欲しい愛に前向きで、後ろがあるということを知っているかも怪しいほど、ただ前に突き進む。

「良明の、幸せとか。……ただ、良明に居て欲しくて」

なのに初めて愛一郎は足を止めて、戻ると、手を放すと言っている。

「……帰すよ。ごめん、良明。こんな目に、遭わせて」

白に良く映える血を眺めて、愛一郎は唇を噛み締めて涙を拭《ぬぐ》った。

「何処に、帰るんだよ今更」

そうして走りだそうとした愛一郎の腕を、良明が摑んで止める。

「愛一郎」

しっかりと、左腕だけで良明は愛一郎の髪を抱いた。

「俺、おまえのとこに帰って来たんだろ」

瞼《まぶた》に口づけて、涙を拭い去ってやる。

「もう何処にも、行かないよ」

「だけど……っ」

血を見て愛一郎がまた泣くのに、溜息をついて良明はタキシードの一部になっているようなハンカチで傷の上を括った。

「どけ」

愛一郎をどかして、仕方なくハンドルを握る。

後ろからまた、銃声が響いて、良明はアクセルをいきなりべた踏みにした。

「うわ……っ」

シートに背を押し付けられて、愛一郎が胃を押さえる。

「……そういえば、みんな言ってたっけな……」

急に煙草が欲しくなって、良明は癖のようにあちこちポケットを探ったがあるはずがなかった。自分が今冷静さに欠けていることに、つまりはまるで気づいていない。

「な……なに？」

「いつかおまえはなんかしでかすと思ってたってさ……殺人や放火じゃなくて良かったよな？　まださ」

「ナニ言ってんの？　良明……っ」

ぼんやりと呟く良明に、曲がりくねって車を追い越して行くスピードに耐えながら愛一郎は悲鳴を上げた。

ああ、煙草が吸いたい、どうしてもニコチンが切れない。

おまえも一本やれよ、と差し出したのは中学の同級生の木村《きむら》だったな、確か。あいつ今でも煙草吸ってんのかな、と思ったところで後ろからまた銃声が響いて、良明は新潟《にいがた》で関越を降りた。

「近いな……新潟って」

「ち……ちか!?　つか早……っ」

そのまま道なりに高速と同じ速度で、良明が走る。

しかし新潟は寒く、フロントガラスのない暴走はどんどん二人の体温を奪った。温泉の看板が次々目に入って飛び込みたくなったが、花婿を男に攫われた花嫁の父は、仮に暴力団でなくとも諦めないのが普通だろう。

「良明……俺殺されるから！　もう俺が一人で殺されるから！　子どもには愛一郎って名前つけてかわいがって……っ」

そのうち雪はぱらつき出すわでもう愛一郎は観念したのか、幌に両手で張り付きながら悲鳴を上げた。

「子どもには愛一郎……」

つけたくない、と、良明ははっきりと思った。

もう海に車ごと行くかと思った瞬間、「山《やま》の下《した》」、という埠頭《ふとう》が見える。

フェリー乗り場には人も船もなかったが、まさに跳ね橋を上げようとしている貨物が良明の目に留まった。

方向をその跳ね橋に合わせ、アクセルを思いきり吹かす。

自棄のように撃ち込まれた銃弾が幌を突き破ったが、すんでで、白いウエディングカーは何処に行くのかもわからない貨物に飛び込むことができた。

「なんなんだあんたら‼」

動き出した船の乗組員たちは、もちろん絶叫して車に駆け寄る。

しかし港からはドンパチドンパチ、結婚式のせいなのだが冗談みたいな黒服の男たちが銃を撃ちまくるので、船も慌てて速度を上げた。

「……すみません、ちょっと、色々、ありまして」

青ざめた唇で、良明がそれでも笑う。

「色々って言われてもね！」

「そこをなんとか……」

一つよろしくと言い残して、良明は泣き喚く愛一郎の腕の中でさすがに気を失った。

そして目覚めるとそれは北の大地、小樽《おたる》だった、という訳だ。

なんでもここは、ロシアマフィアとの密貿易真っ盛りの港で、車をどっちゃり積んだ貨物船の従業員たちは何か後ろ暗いことがあるらしく、警察沙汰《ざた》にはしないからと傷の手当てをしてくれた。

小樽の町中は目立つから、と海沿いの果ての漁村までご丁寧に運んでくれて、その民宿で丸一日良明《よしあき》は愛一郎《あいいちろう》の手厚い看護の中眠ったという次第だ。

だが眠ったのはただ疲れていたのと、愛一郎の体温が心地よかったせいだけで、ちゃんと告げた通り撃たれた良明の傷は傷ドライを吹き付けたら治った。

「……麻矢《まや》に金貰《もら》っといて良かったな」

民宿の亭主に借りた、紺の作業用のジャンパーを白いタキシードの上から羽織って、何か着るものを買わなければと取り敢《あ》えず愛一郎と外に出る。

「なんもないね」

一夜明けて、ケロッと愛一郎が言った通り、取り敢えずこの灯台の麓《ふもと》の漁港には服を買える店は見つからなかった。

「だけど、寒いだろ。おまえだって」

十一月の東京から、いきなりの小樽は、どう考えても十度は違う。さっきから雪もちらちら降り始めていた。

「俺全然、寒くない。……あ、見てあれ！」

不意に、愛一郎が明るい声を聞かせて山の方を指さす。

すると、民宿と小さな店ぐらいしか見当たらないこの地に、何故か、忽然《こつぜん》と観覧車が佇《たたず》んでいた。

「ありゃなんなんだ一体……」

「遊園地かな？　行ってみよ」

「痛……っ」

咄嗟《とっさ》に愛一郎が腕を取るのに、さすがに多少良明も傷が痛む。

「ごめん、ごめんごめん」

「……謝るなって、いちいち」

溜息《ためいき》をついて良明は、左手で愛一郎の右手を取った。

躊躇《ためら》ってからくしゃりと、愛一郎が酷《ひど》く幸福そうに笑う。

近づいて見るとそこは、驚いたことに小さな遊園地だった。誰もいないのに観覧車はどうやらゆっくり回っている。隣には大きな水族館があって、もしかしたら休日には賑《にぎ》わったりすることもあるのかもしれない。

しかし今は本当に、全く、人気がない。

隣で、うずうずと愛一郎が遊園地を眺めているのが良明に知れた。

「遊びたいのか？」

「え……。い、いいよそんな。良明怪我《けが》してるし」

「かすり傷だって。……遊びたいのか、そうか」

窓口を探して、良明はガラスを叩《たた》いた。

中でストーブに当たってうたた寝をしていた老人が、仰天したように顔を上げる。

「チケット、ここで買えますか？」

「買えるけど……何に乗るの？　観覧車とメリーゴーラウンドしか動かせないよ」

言われて辺りを見回すと、小さな乗り物にはみなビニールのカバーが掛かっていた。

「いや、それだけ乗れれば」

その分のチケットを、麻矢に貰った財布から金を出して良明が受け取る。最初ギョッとしたがこの財布には金銀のカードの他に現金が二十万ほど入っていて、妹の羽振りの良さに良明は感謝するより呆《あき》れた。

「メリーゴーラウンド乗るか？」

「いいの？」

「俺は摑《つか》まれないから、乗っておいで」

もぎりもいなかったがチケットを渡して、良明が愛一郎の背を押す。

一番大きな天馬を愛一郎は選んだが、それでも馬が無事で済むか少し不安だ。

老人は愛一郎のためだけにメリーゴーラウンドを回してくれたようで、動き出すと愛一郎は子どものようにはしゃいだ。

「……お客さん、どうしたの」

後ろから近づいて来た、休んでいたはずの老人が、何か憐れみたっぷりに良明を見つめる。

言われて、良明も上から下まで自分の姿を眺めた。

どう見ても、結婚式の白いタキシードに、青い作業用の上着を着て、傷も負って自分は疲れ果てている。連れは外見が五つは大人に見えることがあだになって、メリーゴーラウンドに乗る様はどう見ても一本ネジが飛んでいた。

「どうしたんでしょうね……」

ちょっとぐらいならそれも許される気がして、老人の肩で良明は泣いてみた。

「昨日民宿泊まった兄弟って、あんたらのことだろ。よしよしわかった、どっかでそこにいらんねえようなことになったんだな……わかるわかる」

あの弟じゃあ、と老人が愛一郎を見て溜息をつく。

この際愛一郎にその咎《とが》をおっかぶせることにまでは、良明も罪悪感は感じなかった。

「道立の安い住宅、オタモイの方にあっから。ストーブもついてる、すぐ都合つけてやるよ」

「重たい……？」

「仕事だって、若い人ならして貰いたいことはいくらだってあるんだ。漁港の方に行ってみるといい、なんも聞かないですぐ日雇いの仕事くれるさ」

「そうですか……」

そういう人間が流れ着くことに慣れているのか、老人は酷くやさしい。

地の果てにたどり着いた、という感が、不意に良明の中で極まった。

「弟さんには、好きなだけ遊ばせてやるといい」

機械を止めずに、老人は良明に煙草《たばこ》を一箱渡して去って行く。

「……楽しいか?」

くるくる回って喜んでいる愛一郎に、良明は尋ねた。

「うん! 俺さあ、ガキのころあんまりこういうとこ来たことなくて」

支柱に摑まりながら、意外なことを愛一郎が言う。

「一回だけ、お母さんが遊園地連れてってくれた。すっげえ楽しくってすっげえ楽しくって、そんで帰りたくなくて泣いてさー。忙しいお母さん、困らせて」

「……好きなだけ、遊んでいいよ。楽しいか」

「楽しいってば」

「ならいい」

煙草を開けて良明は、火がないことに気づいて手を止めた。

「煙草やめてってば、身体に悪いよ!」

「……そうだな」

回りながら愛一郎が言うのに、頷《うなず》いて煙草をしまう。

「あいつ幸せそうだな……」

本当に涙が滲《にじ》んで来て、良明はその場にしゃがみこんだ。

「ならいい、本当に。……あ、びっくりした。これ、俺の意志だな」

そしてさっきと今、ほとんど生まれて初めて自分が泣いていることに気づいて、良明はそれにも驚いた。

「いい。もう。幸せだ。な」

半分言い聞かせるように言った良明に、不意に影が差す。

「……もしかして、後悔、してる？」

いつの間にか天馬から降りた愛一郎が、不安そうに、良明を見ていた。

しばらく、良明は考え込んだ。

なんだかもう、愛一郎に嘘はつきたくない。

「少ししてる」

「……うわ」

「おまえも少しぐらいしろよ……。さ、港に行くぞ」

「な、なんで？　帰るの？」

「仕事探すんだよ」

手を繋《つな》いで、港へ、良明が足を向ける。

急いで良明に歩調を合わせて、愛一郎が俯《うつむ》いて微笑《ほほえ》んだ。

「家も、なんか簡単に借りられるらしいから。ここでいいか？　おまえ」

「俺、何処でもいい。良明がいるとこなら」

小さく良明も笑って、そのまますぐの港に出る。小さな港は船が出払っている時間なのか人気がなく、仕方なく埠頭《ふとう》沿いになんとなく二人は歩いた。

暗くても、海はきれいだ。

「仕事は明日でもいいか。ひと月ぐらいは多分暮らせるし……そうだ、麻矢にあの段ボール送って貰おう」

身の回りのものも揃《そろ》えなくてはと考えながら、納戸の段ボールのことを良明は思った。

「あの段ボールって？」

「……おまえに貰ったもの、みんな入ってる。あれ送って貰えば、大分足りるよ」

少し置いて意味を理解して、真冬だというのに花が咲いたように愛一郎が笑う。

春になったら、約束の花を髪に挿《さ》してやらなくてはと、今はまだ遠い季節を良明は思った。

だが、もしかしたらその春は、見られないかもしれない。

癖でまた取り出してしまった煙草を、ぽろりと、良明は取り落とした。

「……っ……」

何故なら、眼前の鼠《ねずみ》色の海から、突如信じられないものが漂着したからだ。

「お嬢さま……」

呆然《ぼうぜん》と、愛一郎が呟《つぶや》く。

いつの間に近づいていたのか、大きな漁船の甲板には、花嫁衣装のままの優子《ゆうこ》が右手に機関銃を持って仁王立ちになっていた。

情報網がよほど発達していてこの国でヤクザから逃げるなど無理な話なのか、良明と愛一郎はこの港についた訳ではないのに何故にか真っすぐ船はここに来た。

後ろには最初に良明に発砲した男が、裕也《ひろや》と英二《えいじ》を縛り上げて足元に置いている。

「裕也……っ、英二……!!」

良明の叫びを無視して、漁船は埠頭に舳先《へさき》をぶつけて停まった。

よくよく見ると舵を取っていたのは普通の老人で、優子に船を乗っ取られたのだろう。

「一応、GPSつけておいたんです。そのタキシード」

言いながら優子は男に手を取られて船を降りて、良明がタキシードをよくよく見るとスラックスの裾《すそ》の裏にチップが縫い込んであった。

「なんでこんなこと……」

「あなたちょっと、最後まで信用できないようなところあったから。でもまさかこんな……」

「よ……良明の命だけは！　俺のことはどうでも……っ」

溜息をつきながら思いきり優子が銃を構えるのに、愛一郎は良明の前に大きく両手を広げた。

「よせっ、どけよ愛一郎！」

「良明ちゃん……アイ……」

裕也と英二は、式場で手を振ったので二人の素性を知っていると思われ捕らわれたのだろう。スーツのまま括《くく》り上げられていて、男の手で埠頭に転がされた。

「……裕也と英二もっ、助けてくれ！」

「虫のいい話ですわね……どいてくださいます？　泥棒さん」

小さな体小さな手で、信じられない勢いで優子が愛一郎の頭を摑んで冷たい海に突き落とす。

「愛一郎……っ」

悲鳴を上げて良明は海に駆け寄ろうとしたが、信じられないことに優子は良明に向かって一発発砲した。

髪を弾が掠《かす》めて、さすがに良明も血が下がる。

「やめろっ……良明を……っ」

殺さないでくれと言いながら、どれだけ丈夫なのか愛一郎は泳いで埠頭に摑まった。

「酷すぎますよね、あなた。少しは考えてみてくださる？　結婚式の最中に、花婿を男に取り返された花嫁の立場というものを」

言われてみれば全くこんな酷い話があるかと良明も思い知らされて、観念せざるを得ない。

「……ですよね。やっぱそうですよね。俺もそう思います……殺されてもしょうがないような

ことしました俺は……」

「しかもおまえ……っ、お嬢よりその図体のでかい男がかわいいとか抜かしやがって……っ」

よほどそれが口惜しいのか、黒メガネの男は唇を噛《か》み締めてコンクリに一発撃ち込んだ。

「いい笑い者です。ホモだってことも見抜けず、それどころかどうやらわたくしの花婿はオカマ」

「俺はオカマじゃありませんよ……」

「あなたがその男の情婦だってことは、あそこにいた全員に一目で知れましたわよ‼」

ずぶ濡《ぬ》れで埠頭にはい上がって来た愛一郎に、優子は銃口を向けた。

「愛一郎は悪くない。……とは言わないけど殺すんならとにかく俺を！　愛一郎が好きなのにあなたと結婚しようとしたりして」

「しようとしたりしたんじゃなくて、もうしてます。籍入れたでしょう、式の前に」

「……そうだった」

「な……っ、良明その人と結婚しちゃったの⁉」

海草を頭につけてがちがち震えながら、愛一郎が絶叫する。

「あの、もちろん離婚も慰謝料も」

「誰が離婚するって言いました？」

そんなことで済まされるとは良明も思わなかったが、優子は良明の頭に銃口を突き付けた。

「良明……っ」

駆け寄ろうとした愛一郎を、優子が睨《にら》む。

「良明……ちゃん」

新潟《にいがた》から漁船に乗せられて裕也はヘロヘロなのか、英二に抱えられて声もとぎれとぎれだった。

「わたくしは、もう日本で結婚することは諦《あきら》めました。その上お父様は、こんな恥をかかされてわたくしのことまで破門だと言い出す始末です」

「お嬢が……お嬢が一体何を……っ」

「破門……そうだっ、山村《やまむら》家が暴力団だなんてそんなこと一言も言いませんでしたよね！　あなたっ」

「言ってなかったかしら」

「結婚詐欺《さぎ》だ!!」

「そんなこと言える身分だと思ってるの!?」

言われれば全くその通りで、良明は口を噤《つぐ》むしかない。

「協力しなさい。あなたも、そこの花婿泥棒も。片棒担いだあなたたちも」

良明、愛一郎、裕也、英二と、優子は順番に銃口を向けた。

「ヤクザはやめたわ。割に合わない、お父様にはこっちから逆縁切って差し上げます」

「じゃあ……何を」

「組織だのなんだのって動くからしがらみが厄介なんですわ。一悪党として上前を掠め取る方が、足がつかないし利益を丸取りできていいと思いませんか」

見慣れた笑みで、優子は足に絡まるドレスの先を無造作に切り裂く。

「……全然、全く、少しも」

「丁度いいところに居てくれたものですわね。ロシアから、ここに荷がつくの。横取りして売りさばけば元手もかかりません」

「ヤクザにもルールや仁義はあるのでは……」

何からどう咎めたらいいのかわからず、ただ呆然と良明は優子を見つめた。

「そんな時代はね、とっくに幕を引いたんですのよ。わたくしは世の中を変えるわ。ここに山村組より大きな組を作って、いつか日本を手中に納めて見せます」

「そんなことよりっ、良明とちゃんと離婚してくれよ！　良明は俺のなんだからっ」

銃も演説も気にならないのか愛一郎は、ずぶ濡れのまま優子に摑みかかる。

「ふふ、婿なんですのよその上。もう彼は山村良明なのよ。あははははは」

高笑いした優子と愛一郎で、辺り構わぬ揉《も》み合いが始まった。

そうは言っても構うような観客はいない。

「……ったく、お嬢が不憫《ふびん》で不憫で」

どんな貧乏くじなのか独りで小樽までついて来てしまった男は、黒服のまま埠頭に膝《ひざ》をついて泣いた。

「悪かったな……裕也、英二。隙《すき》を見て逃げてくれ」

いつまでも縛られている二人の縄を、慌てて良明が解く。

「船は……参ったけど。まあ、俺たちも東京《とうきょう》にいても仕方なかったしね」

「いいんじゃねえの？　あの女、いいこと言うよ」

「……は？」

「俺はあの女の下で働く」

煙草を出して火をつけながら、なんでもないことのように言って英二が肩を竦《すく》めた。

「英二がそう言うなら、俺もそうしよ。なんか楽しそうじゃん。つかもう船乗りたくないし、俺」

また船で戻らなければ帰れないと思うのか、けろっと裕也は笑う。

「俺のっ、俺の良明！　俺の恋人なんだよっ。人の旦那《だんな》だなんて俺耐えられないそんなの……っ」

「愛人の座に甘んじなさいな。それぐらいがお似合いよ、あなたには」

お嬢の言葉に隣ではまだ男が男泣きに泣いて、背後では優子と愛一郎がはた目にも訳のわからない大喧嘩《おおげんか》を続けていた。

「すごい本妻と愛人だね……良明ちゃん。子どものころは良明ちゃんがあんな奥さんと愛人を持つなんて想像もつかなかったよ」

「出世魚みたいだな、あんた。知ってる？　出世魚。魚好きなんだよ、そういえば俺」

「ならここ最高じゃない？　英二」

そうだな、と英二は大きく伸びをして潮風を吸い込む。

「火……貸してくれないか」

さっき老人に貰った煙草を拾って、良明は英二に火を貰った。

煙草を吹かしながらぼんやりと、漁船の逃げ去った埠頭の先まで歩く。

暗いのに海は透明で、深い底まで見渡せた。

「俺……」

何処らへんがロシアなのだろうと、何処までも続く灰色の海を良明が遠く眺める。

「確か先週まで、東京で高校教師やってたよな……」

何故、今、小樽に。しかも初めて見るような、小さな漁港を前に。

いや、多分理由などないのだ。

ただ生まれつきの極端な優柔不断で、色んなことがあまりに適当で、割とどうでもよく不自由もないまま、中村《なかむら》良明は今日までを生きて来てしまった。いやもう中村良明ではなく山村良明になってしまったが。

とにかくそういう風に生きていると、極端な話こういう風景にたどり着いてしまうこともあると、これはそういう物語。

それから多分、愛の話でもあるので、煙草の煙とともに深い溜息がこぼれても、良明は海には飛び込まずゆっくりと後ろを振り返る。

恋人と修羅場の元に、仕方なく帰るために。

高校教師、だったんですけど。

「俺は漁師になる」

　真冬近づく、というより東京《とうきょう》で言えば真冬を通り越した寒さの中、あっと言う間にオタモイという小樽《おたる》港からそう遠くない不思議な地名の場所に用意された借家で、旧姓中村良明《なかむらよしあき》、悲しいかな今はちょっと似ているけど一字違いで大違いの山村《やまむら》良明になってしまったただの良明が、自分にしては強く一説ぶった。

　だが能天気に、「かっこいーじゃん！　俺もなるー」と手を叩《たた》いている無駄な美貌《びぼう》も不精髭《ぶしょうひげ》で隠れつつある、この全《すべ》ての状況の起因になったと言えば他に言いようがない名前負けせず愛の力が強すぎる田中愛一郎《たなかあいいちろう》以外に、この狭い集合住宅の一室で良明の主張を聞く者はいない。

　良明の主張を誰も聞かないのはいつものことなのだが、それもまたこの東京とはかけ離れた巨大な石油ストーブの備え付けられたアパートに集う原因となっていることは間違いがないので、良明はめげずにもう一度言った。

「俺は漁師になるんだ！」

「その細腕で？　……まったくお父様ったらカードまで止めるんですもの、この男頼みでこんなあばら家借りる羽目になって」

　何やら地図を広げている顔だけあどけない山村優子《ゆうこ》は文句を言いながらも、良明が持っていた妹のカードで三棟家を借りさせ生活に必要なものや、着の身着のままのウエディングドレスの代わりになる服を購入し、来月の請求で良明の妹はカードを止めるだろうが、兄にとって恐ろしいのはその後もし再会の時があったらのことだ。

「お嬢……そんな安物のセーターに身を包まれて、竹脇《たけわき》はせつのうございます」

けばだった畳の上で、場違いな黒いスーツを脱がずにヤッケだけ着た竹脇という男は、幼少のころから優子に仕え仕えて立派な手下に育ってしまったようだ。事あるごとに周囲の人間を呆《あき》れさせている。

「ホント、英二《えいじ》にこんなドカジャン着せるなんて信じらんない……今まで英二が仕事で着てた服、この何十倍すると思ってんの!?」

同じく場違い感をたっぷり漂わせてどうやって見つけたのか白いスノージャケットを着ている良明の幼なじみ倉橋裕也《くらはしひろや》は、少ない予算の中でそれでも自分と恋人の英二にだけは何故《なぜ》かハイセンスに見える防寒着をコーディネートして、一線で働いていたヘアメイクのセンスをふんだんに披露していた。

「でも英二が着るとトライチのドカジャンもプラダに見えるから不思議……」

「おまえは何を着ててもかわいいよ、裕也」

「やだ、そんなこと言って」

自由だ、と。

辛うじてちゃぶ台のある六畳の居間に膝《ひざ》をついて、良明は早々にくじけそうになった。

皆、東京から小樽もそれも果てにたどり着いて、何が解き放たれたのか今までどれだけ不自由だったのか、非常に自由だ。

「俺は……俺だけは自分を保たないと、これ以上また何処《どこ》に流されるか……」

「良明もかわいいよ、そのドカジャン。ノーブルだから紺が似合うよね」

負けじとそんなことを言った愛一郎をきつく睨《にら》んで、良明はもう一度立った。六人が今この一室に集まっているのは灯油節約のためでもあるが、何やら優子から嫌な発表がありそうだ。それを敏感に察知しての、良明の主張はもう一度繰り返される。

かつてなく大きな声を出すために、良明は息を胸いっぱいに吸い込んだ。

「俺は！　漁師になる!!　もう港に足を運んで段取りを付けてあるんだ。漁師になる!!」

ここで漁師にならないと、どうなるか。優子の言い分を思い出すならば、どう考えても二つに一つの恐ろしい選択が良明を待ち受けているのだ。

「その細腕で？」

顔に似合わない冷淡な声で、地図を追うのをやめて優子はやっと良明を見た。

「あなたがやろうとしていることを手伝うのも細腕じゃ無理だ」

「トカレフ使うのにあんまり腕っ節は関係ありませんわ、ねえ竹脇」

「まあ……多少仕込まないと、難ですがね」

「仕込まれない！」

「ねえ、丁度いい場所に住宅借りてくださったわ。……と言っても犯行現場にあんまり近いのもどうかと思うんだけど、灯台下《もと》暗しとも言いますし。やばくなった頃にはまとまったお金もあるでしょうから越せばいいわ。ここを真っすぐ行った岬に、多分ロシアからの密輸品を積んだ船が着きますの」

　地図を見せて、優子は、婉然《えんぜん》と笑った。

目を剝《む》くほどその岬は、住宅から近い。

「やっと始めんのか？　お嬢さん」

興味を見せて英二が、身を乗り出した。

「あんまり危ないことしないでよ、英二」

「兵隊が少ないんだから、そっちのお嬢ちゃんにも働いて貰《もら》いますわよ」

「裕也は暴力沙汰《ざた》は無理だ」

　顔を顰《しか》めて、英二が裕也を背に隠す。

「一目見ればわかりますわ。後方支援で、荷物をトラックで運んで貰います」

「運転ならできるけど……」

　着々と、優子と無駄なことは言わない竹脇、英二と裕也でロシア密輸品略奪計画がついに動き始めた。

愛一郎は興味津々だったが、良明が歯噛《はが》みしてそれを見ているので交ざらずにいる。

「乗ってるブツは何さ」

まるでモデルだったことなど嘘のようで、生まれたときからそうしていたように馴染《なじ》んで英二は優子と算段をしていた。

「チャカと麻薬ね。動かせるものが大きくなって来たら、こっちは窃盗車を輸出します。ここを拠点にして……まあいずれ北海道《ほっかいどう》をシマにしてる連中ともめるでしょうけど、北海道警察と北海道ヤクザは癒着してますの」

「へえ」

熱心に話を聞いている英二は、やはりどう考えてもモデルよりも宇宙飛行士よりもこちらの素質を兼ね備えているようだった。

「その証拠写真を、鍵《かぎ》を掛けてネットにアップしておきましたの。いつでも引き出せますわ。それで北海道警察を黙らせて、地元の組織は割と簡単に潰《つぶ》せますわね」

「話がでけえな……」

「お嬢は昔から賢くてらっしゃって、ですから自分は高校教師を婿に貰うと聞いた時、寂しいが……ほっとしたもんなんですが……」

「いつまでもぐずぐずうるさい、竹脇！　旦那《だんな》様はホモだったんですのよ!!　わたくしがどれだけの恥を掻《か》いたと思ってますの!?」

「すみませんお嬢……」

何故謝るのか竹脇、と、若干優子より年かさの、容姿も体もよく整った男に良明は思わず自分を見て、ちゃぶ台に倒れた。

「……優子さん、婿は港で働きます」

倒れながらもまだまだ頑張って主張する。何せ話は佳境だ。

「なんですって？」

「ええ、俺は確かにあなたを騙《だま》した。この……愛一郎という恋人がありながら」

「あ、珍しい良明がそんなはっきり俺のこと」

でかい図体で子犬のように喜んで、愛一郎は良明の首に抱き着く。

「ええい、邪魔だ」

「そんなあ」

「ありながら、あなたと結婚して全てなかったことにしようとした。最初から騙すつもりじゃなかったし、あなたはヤクザの名家だということも年も隠して結局俺に何かしらさせようとしていたんだろうが、それを差し引いても俺が結婚式であなたに与えた屈辱は贖《あがな》えないのはわかってる」

「……本当にわかってんのかあ？」

「良明ちゃん、今どさくさに紛れてたまりにたまった鬱憤《うっぷん》全部言ったよね」

身を寄せ合って英二とじゃれあっている裕也が、誰の味方なのかそんなことを言った。

「こんなんで全部だと思うのか？　……いや、とにかく悪いのは俺だ。みんな俺が悪い。この間まで東京にいた六人がヤクザから逃げてなんで小樽、しかも小樽は小樽でも人気のない小樽」

「これ以上能書きを続ける気ですか？　わたくしのかわいいお婿さん」

初めて歌舞伎町《かぶきちょう》で出会ったときと同じに、天使のように優子は微笑《ほほえ》む。

せめて何故歌舞伎町だったのかを、結婚前に良明は追及すべきだった。

「そうゆうこと言わないでよ！」

「お黙りなさい愛人ふぜいが！」

半泣きになった愛一郎を、優子が思いきり蹴飛《けと》ばす。

「ああちっとも話が進まない。だから、俺は責任取って漁港で働くと言ってるんです！　あなたと竹脇さんの生活費もみるし、愛一郎おまえは小樽で定時制でいいから高校卒業しろ!!」

「えー、良明ちゃん俺たちは？」

「俺たちは？」

数に入れて貰えなかった裕也と英二が、不満そうに口を挟《はさ》んだ。

「おまえたちは東京に帰ろうと思えば帰れるだろう!?」

何処まで面倒をみたらいいんだと、両手の指を戦慄《わなな》かせて良明が歯嚙みする。

さすがに見慣れぬ土地に流れ着いて疲労も限界までたまり、良明も人格に多少の異常を来《きた》していた。

「帰れっていうの……？」

「二人きりになったら……またつまんねえことで喧嘩《けんか》になったときに、裕也あんたんとこに逃げられねえだろ」

「喧嘩をしなければいい」

長く息をついて真顔で言った良明に、英二は少しだけ何故だか悲しそうな顔をして、ふいと横を向いた。

しかしわかり切っているその訳を追及してやる暇は、今の良明にはない。

漁師に、どうしても漁師にならなければならないのだ。

「わかって頂けましたか、優子さん。それが俺のあなたへの慰謝料です」

「……あなたがその高校とアパートの往復しかして来なかった体で漁師になって、四人の人間、しかも二世帯を養えるとでも？」

「死ぬ気で働きます！」

というより良明は、少し前からいっそ死ねたらぐらいの気持ちにはなっていたが、漁港で力いっぱい働く気持ちは本気だった。

「無理よ」

「無理でしょうねえ、婿殿」

「無理だよ良明……てゆかなんで俺いまさら学校？」

「無理」

「無理無理」

戸籍上の妻、その世話係、一応の恋人、幼なじみとその恋人。

今の良明を囲む世界の全てに否定され、さすがに良明も己の一見筋肉のようでいてただ痩《や》せているだけの腕を顧みずにはおれない。

「……そ、そのうち小樽市街で塾の講師でも」

「良明ー、俺たちたどり着いたとき血まみれで、そのあとお嬢様ウエディングドレスで機関銃持って海からやって来て、小樽で雇ってくれるやさしい人港にしかいないよー」

「何か言えない事情があるんならいつでも来いって、俺も言われたぜ」

珍しく核心をついたことを言った愛一郎と、煙草《たばこ》をふかした英二は、良明よりもずっと漁港で求められているのだろう。二人とも痩せてはいるが、良明と違って偽物ではない筋肉がしっかりとついている。漁師たちも、一目でどれが使えてどれが使えないかわかるのだ。良明は裕也とともに干物工場で働くことを勧められているが、四人養うには漁師になるしかない。

何故、そこまで良明が漁師になろうと頑張るのか。

「……そんなことより、英二さんあなたチャカ扱えます？」

「ゲームっ子だったからね、俺。教えてくれりゃ、勘は良いよ」

「英二ー、あんまり危ないことしないでよ」

「裕也さん、あなたは今から運転の練習してなさい。問題は岬から船着き場にどう降りるかと、荷物をどう上げるかですわね。滑車がいるわ。最初は旦那様は滑車でも上げてればいいでしょう、チャカの扱いはおいおい練習するとして」

このまま流れに身を任せていると、確実にロシアマフィアから銃器類と麻薬を強奪する窃盗団になってしまったからだ。

ほんの少し前まで、くどいようだが良明は杉並《すぎなみ》の高校教師だった。それが今はこうだ。ここで濁流には身を任せる己の性格に良明が抜本的な改革のメスを入れなければ、すぐに全員で日本一の犯罪者になってしまうのだ。

「滑車は引きません！　漁師になるんです!!」

何度でも主張しなければ、窃盗団になる日は想像より遥《はる》かに近い。

「漁師に!!」

だが何度慣れない叫びを上げようが、その虚《むな》しい声は小樽の空に寂しく吸い込まれるばかりだった。

夜具もまだ満足に揃《そろ》っていないので、夜でもストーブを消せない台所三畳、居間六畳、寝室六畳のその六畳間で、命には代えられないので良明《よしあき》は毎日愛一郎《あいいちろう》に抱かれて眠るしかなかった。

斜向かいの借家では英二《えいじ》と裕也《ひろや》が喜んで抱き合って眠っているだろうが、優子《ゆうこ》の身を守るためには側《そば》を離れないという竹脇《たけわき》は、今英二と裕也がふざけて本宅と呼んでいる隣の借家でお勝手に眠っているという。もちろん優子を寝室に寝かせてだ。

竹脇は、「婿殿は愛人宅に通い詰めで」と時折良明を責め、もう何がなんだか良明も訳がわからないまま愛一郎と床をともにしていたが、愛一郎は今日、さっきまでは非常に満足そうだったはずだった。

「……なんだよ」

後ろから、良明を抱いている愛一郎の腕が強くて痛い。

やり過ごして眠ってしまいたかったが、弾丸が流れるようにここに落ち着いて、そういえば毎日抱き合うだけでまともに話をしていなかったと、良明は気づいた。

それもこれも、お嬢様の日本征服計画のおかげさまだったのだが。

「なんでもない」

酷く、心細そうな声で言って愛一郎は、もっと強く良明を抱いた。

元々べたべたしたところがあってこその愛一郎だったが、小樽に来てからは片時も良明の側を離れようとしない。

一度は、良明は愛一郎を酷いやり方で捨てた。

だからそのせいだと思って、いつでも体の何処かに触れているような愛一郎を良明は仕方ないとも、多少愛《いと》しいとも思ったし、すまないとも思ってはいた。

ここに来てからそのことで愛一郎は一度も良明を責めないが、どれだけ傷つけただろうと思うと、時にはどんな無理にも応えてやりたくなる夜もある。

「……だから、どうしたんだよ。三回は聞かないぞ」

だが今夜の腕の強さは、今までのそんな甘えや不安と何処か違って思えた。

しばらく、愛一郎は黙っていた。

何か思うことあっても即答できる愛一郎ではないことぐらいは、良明ももう知っている。大事なことならそれだけ、考えて考えて喋《しゃべ》ろうとする愛一郎を、待ってやらなければならない。

「……良明も」

良明もと、愛一郎は言った。

誰と、良明もなのか、待つ間に想像も付かない。

「高校ぐらい卒業してないと、俺、駄目?」

小声で、愛一郎は聞いた。

そうして否応無く良明は、三カ月も一緒に暮らしていた恋人が、高校教師だった自分にとっては致命傷の高校生だと知ってポイ捨てした日のことを、思い出さざるを得ない。

帰って、親と話せと、良明は愛一郎を家に一度帰す振りをして逃げ去った。

「……親父さんとお袋さんに、高校やめるって言ったらどうだった」

軽く考えていた愛一郎の思うようにはいかないことぐらいは、良明には容易に想像がついた。

きっと二人は自分のことを諦《あきら》めていると愛一郎が思ったところで、両親は普通の両親どころか教師で、父親は校長職だと言うではないか。

「……すげかった。母さんわけわかんねーぐらい泣くし、父さんは……どうして最低限一人前のことできないって、やっぱ泣いた」

「だから言っただろうが。親父さんとお袋さんは心配して……」

「ガキみたいなこと言うけど、俺」

「みたいじゃなくて……」

「最後まで聞いてよ。俺……心配って、思えなかったんだよ。どうしても。あんとき良明がそう言ったから、これ心配なんだ、心配してくれてるんだって思おうとしたけど」

強く抱き過ぎたと気づいたのか愛一郎は良明を抱く手を緩めて、代わりに項に顔を埋めた。

「……校長の息子が高校も出てないなんて、って。校長の息子ってさ、俺のことと違うよね。うまく言えないけどさ」

「……弾みだ、言葉の。そういう気持ちもあるだろうけど」

「じゃあ良明のも弾み?」

尋ねた愛一郎に、ようやく、彼の様子がおかしい訳がわかって、溜息をつきながら良明が体ごと振り返る。

「違う」

「じゃあ、高校も出てない恋人なんて、いらない?」

「それも違う」

だいたい、問題は高校がどうとかよりもっと大きい。

だが今話し合うべきことに、良明は観念して向き合った。

「愛一郎」

「……うん?」

「俺は……いくらおまえが高校生だったからって言って、あんまりにも人でなしな捨て方をしたよな。俺の部屋空き部屋になってて……辛《つら》かっただろ?」

今日まで聞かずに来たことを、息を飲んで、暗闇に力を借りて良明が尋ねる。

「……よく、覚えてない」

「嘘つくなよ……」

「本当だよ。一週間ぐらい、すっぽ抜けてる感じなんだ。だからあんま、気にしないで」

それはきっとそれだけ辛かったからだろうと、感情の触れ幅が小さい良明にさえ想像がついた。両親に聞きたくない言葉を浴びせられ、多分飛び出すように家を出て、縋《すが》るようにたどり着いた恋人の家は人の住んだ形跡を消していた。愛一郎のそのときの気持ちを思うと、良明は今でも居たたまれなくなる。

「もう高校の話なんかしたくない……俺も港で働くよ、良明の分まで……ね？」

嫌なことに蓋《ふた》をしてしまうように、愛一郎は強引に良明の唇を塞《ふさ》いで、体を抱いた。

あのときのことをもう言わないでくれと言われれば、良明も弱い。これ以上は、告げられなくなる。

「……愛一郎……力、緩めてくれよ……何処にも」

行かないからと、言おうとした唇にまた唇が重なって。

堪えられないのか、貪《むさぼ》るように、愛一郎は良明を求めた。

寝間着を剝《は》いで、肌という肌に口づけて行く愛一郎に、抗《あらが》う術《すべ》は今は良明にはない。

また、後で話そうと頭の隅で良明は思った。またとはいつか、当てにもならないが。

「……っ……」

熱を持って、混濁して行く意識の中で、良明は人間そう簡単には変わらないと痛感する。

だがそれを思うのも一瞬で。

「ん……っ」

もう癒《い》えかけている弾丸が擦《かす》った痕《あと》を丁寧に愛一郎に嘗《な》められて、まだ慣れることのない自分の声に良明はシーツを噛んだ。

ふと冷えに気づいて、良明《よしあき》は体を起こした。

「……あいたたたた」

元々良明はまだ愛一郎《あいいちろう》との情交に慣れ切ってはいない上に、昨夜は愛一郎が加減をなくした。明らかにそのせいで、良明は体中が筋肉痛を起こしたかのように痛い。

「確かに港じゃ働けないかもな……」

呻《うめ》きながら服を着込んで、冷えた理由がストーブが消えて久しいからだと良明は気づいた。まだ深い雪にはならないが、ここのところの冷え込みは尋常ではない。だから危ないが短い外出だとストーブはつけたままのことが多いが、消して愛一郎が出掛けたということは遠くへ行ったのか。

「……まさか東京に帰ったんじゃ」

高校に行けと言ったせいでかと、良明が辺りを見回すと、すぐに飯台の上の書き置きが目に

付いた。

『お嬢様と龍 宮閣《りゅうぐうかく》に行って来ます』

と、紙に拙《つたな》い字で書いてある。

「なんて非常識かつメルヘンチックな置き手紙……いや、龍宮閣……？」

それは、ここに来て地図を広げて、一番最初に皆の首を傾《かし》げさせたものだった。

近所の人に聞いてみると、驚くべきことにこの人気のないオタモイの海沿いに、昭和十年に遊園地が作られていたという。そしてその寓話的な名前の遊園地は昭和二十七年に消失したという話で、「観に行くのは物好きな観光客ぐらいだ」というのが地元の人の弁だったが、良明たちはそれどころではなく再び話題に浮上することもなかった。

「この寒いのに……遊びに行ったのか？　雪もちらついて」

窓の外を見ずとも、空気の感触で良明はもはや雪が降るのがわかるようになってしまった。

「観光客だってこんな日は行かないだろうに……」

冷えた体に熱いインスタント・コーヒーを流し込んで、つけたストーブの前にしゃがみこみ良明はようやく体を暖めた。

雪の降る午後に、自分を置いて、竜宮閣に、愛人と本妻が。

「あり得ないだろうそれは……」

血が巡ったところでようやくおかしいと思い知って、ドカジャンを着て家を出る。

隣はもちろん人のいる気配はなく、斜向かいの英二《えいじ》と裕也《ひろや》の住居を訪ねるとこちらも留守だった。

「……反体制派の俺だけが置いて行かれたということかこれは……」

「どうしたね、山村《やまむら》さん」

後ろから近づいて停まった軽トラの主に声をかけられて、それが最早正式な自分の名字だと気づくのに良明がたっぷり一分かける。

近隣の人が良明を山村と呼ぶのは、優子《ゆうこ》がご丁寧に本宅と愛人宅と言って両方に山村の表札を掛けたからだ。もう東京に帰ってくるなと言われている優子は、この平和なオタモイに本気で新生山村組を立ち上げる気なのだ。

「ああ……宿のご亭主。いつもお世話になっております。寝てる間にみんなが龍宮閣跡地に遊びに行ったらしくて」

「もう雪だってのに、誰も行かねえよあんなとこ」

「そうですよね……でもあの、心配なので、僕も追っかけてみようかと。あっちでしたかね」

「まあそしたら、近くまで乗せてってやるよ」

「すみません恩に着ます」

申し訳なく思いながら、良明が助手席に乗り込む。

この近隣の人々は頓狂な新参者六人に親切で、こう言えば宿の亭主が送ってくれることはわかっていた。それが申し訳ないのだ。

龍宮閣跡地は細い海沿いの断崖《だんがい》に道ができていて、間近までは車で行けない。ほどなく跡地に降りるための駐車場につくと、優子が、良明の妹の際限ない限度額のカードで購入した四駆の小型トラックが目に入った。前に乗り切れないものはいつも荷台に乗せられ、運転は常に竹《たけ》脇《わき》だ。

「居ましたね……すみません」

「いやいや、物好きだなあしかし」

呑《のん》気《き》に宿の亭主が言った瞬間、空気を切り裂くような音が辺り一帯に轟《とどろ》いた。

「なんだ今の……」

「はっ、花火を……ロケット花火を持っていたのできっと……やめさせますやめさせます近所迷惑ですよね⁉」

「近所なんてねえからいいけど、しかしこりゃ……」

「ありがとうございました！　帰りは連中と帰りますのでっ、どうぞお仕事に‼　ロケット花火が沢山あるんです本当に！」

「そうかあ？」

不審そうにしながらも亭主が車を駐車場から出すのを確認して、良明は慌てて階段を駆け降りた。

「他の物好きが……来たらどうするつもりだ……っ」

何処に遊園地があったのか、何か不気味な断崖の道は、行けども行けども果てがない。真下は落ちたら確実に死ぬだろう、深い色の冬の海で、景観の美しさは比類ないと聞かされていたが今の良明にそれを観賞している余裕はない。

人がここまでは来ないだろうという場所を選んだのだろう。散々良明を走らせて、遊園地跡の果てで、愛一郎は竹脇と優子に手ほどきを受けながら、銃の扱いを習っていた。

もう済んだと思《おぼ》しき英二は煙草をふかしながらそれを眺めていて、裕也は困ったようにその英二を見ている。

「何してるんだ！」

「あれ、良明ー。起きたんだ。どうやって来たの？」

呑気に愛一郎は、右手に銃を持ったまま良明を振り返った。

「見てわかりませんの？　射撃の訓練をしてたのよ。今のところ無駄弾を使う余裕はないの。でも英二さんは使えるけどこの子は駄目ね。三秒で死ぬわ」

肩を竦《すく》めた優子の言葉を最後まで聞いて、結婚式の前後から自分としては最大最高に感情が高ぶり続けていると思っていた良明だったが、ここにきて最高に頭に血が上って駆け寄ると愛一郎の頬《ほお》を叩いた。

「痛……っ」

呆然《ぼうぜん》と、愛一郎が叩かれた頬を右手で押さえる。

「おもちゃじゃないんだぞ‼　もうおまえには愛想《あいそ》が尽きた……っ」

「あなた」

ポロリと落ちた銃を拾って、優子は半眼で良明を見据《みす》えた。

「本当にこれから先ずっと、漁港で働いて勘当された妻と愛人を養って行けると思ってますの？　現実を見てくださいな」

「現実を……見てないのはどっちだ。俺は、麻薬も、銃器類も、嫌いだ」

「良明ちゃん主張が弱い……」

いざ銃撃訓練が始まったら少し引き気味になってしまった裕也が、良明の言い分にがっくりと肩を落とす。

「奪って、どうする。売りさばくんだろう。どっちみち何処かで誰かが死ぬ。奪うときにこいつらの誰かが死ぬかもしれないし、売った銃で誰かが撃ち殺されるかもしれない。麻薬もそうだ。俺は……人が死ぬのが嫌いだ」

「……ダメだな、こりゃ」

一応聞いていた英二が、吸い終えた煙草を足でもみ消した。

「良明ちゃんが、嫌いだいやだって言うだけですごいことだよ」

応援にもならないことを、裕也が言う。

「どうしても漁師になりたいはっきりした主張があるなら、訳を聞こうじゃありませんの」

「普通だろう、その方が」

「婿殿、それがお嬢への口のきき方か」

それが本来の姿なのだろう、右手にぴったりと馴染む銃を持って、竹脇がその銃口を勢い良明に向けた。お嬢お嬢と優子の不遇を嘆いているより、余程様になる。

「婿殿に銃を向けない、竹脇。普通が理由なんですの？　それじゃあ聞けませんわ。だってわたくしの結婚式はどの辺が普通でした？」

「それを言われると……」

「嫌いと言っても、今日も何処かで人は死ぬのよ」

「じゃあそれを見たのか！　優子さん。英二も、愛一郎も。竹脇さんは……見たかもしれないけど」

言い捨てた優子に、不意に、良明の声がらしくなく上がった。

「どうしたんだよ良明……」

「あなたは見たの？」

腕組みをして、優子が良明に尋ねる。

「……その話はしたくない」

「全くあなたは……」

溜息《ためいき》をついて優子は、小さな体で良明に歩み寄った。

「最後までまともに話もできないんじゃあ、愛人も叩かれ甲斐《がい》がないじゃないの」

「……っ……」

愛一郎の代わりにと、優子が手の大きさの割には威力のある平手を良明に食らわせた。

どんな力の入れ具合なのか、ただでさえ弱っている良明の体が吹っ飛んで柵に激突する。

「なんか段々びびって来たぞ……本物だぞあのお嬢」

火をつけようとしていた煙草を噛んで、見た目になんとなくごまかされていた英二にも多少リアルが伝わった。

「今更何言ってんの英二。……ねえ、良明ちゃんそれって、麻矢《まや》ちゃんのことなんじゃないの？」

動けないでいる良明の代わりに、裕也が遠慮がちに口を挟む。

「誰ですの？　その方は」

「お嬢様の義理の妹だよー。今俺たちの生活費を知らずに全額負担してる、良明ちゃんの双子の妹。散々お嬢、偽のサインしまくったじゃん」

「よせ……裕也」

図星をついた裕也を、痛みから復活できず柵に寄りかかって良明が遮《さえぎ》った。

「でもカードもあるし、式にいらしたってことは生きてらっしゃるのよね」

「……ちっちゃいころ、体弱くて酷《ひど》い喘息《ぜんそく》だったの。病院の中の学校とか居たこともあるし、うち近所だから麻矢ちゃん高熱出て今度こそ駄目らしいって何度か……聞いたよ。今は、元気らしいけど」

「人が死ぬのが嫌い、はそのこと？」

少し呆れたように、優子が良明に尋ねる。

竹脇も英二も、今一つピンと来ないというように、困って良明を見ていた。愛一郎がはらはらと、良明に手を伸ばしかける。

「銃なんか撃った手で俺に触るな。……あいたたっ」

その手を、良明はできる精一杯の力で振り払った。弾みで、叩かれた頬がまた痛む。

「……麻矢は、我慢強かった。弱音なんか一度も……吐いたことがない。だから話したくなかったんだ。だけど……」

子どものころ、風邪《かぜ》やインフルエンザを呼び込みやすかった良明の妹は、幾度か高熱で肺炎を起こして、薬も効かずに見守るだけということがあった。家族が集められ、手を握り名前を呼んで夜を明かしたこともある。

四十度を越えたときは、障害が残るかもしれないと言われて、九度を越えれば意識が途絶えた。

「生きるか死ぬかの瀬戸際で……本人もきっと覚えてない。血が出るほど母親の手を摑《つか》んで、お母さん助けて、死ぬの？　死にたくない死にたくない死にたくない……っ、助かればいつも奇跡だと言われた。今も、本当は健康じゃないんだ。人よりは長く生きないと思いながらあいつは毎日を過ごしてる。俺は……」

焦《じ》れて、良明は足で柵を蹴った。

「なんでおまえらに聞かせられないのか……歯痒《はがゆ》いよ！　死にたくない人間の悲鳴がどんなもんか……聞いたら忘れられない!!　人を殺すなんて考えられるかっ」

酷く、良明は悔やんだ。

いくら彼らを思い止どまらせるためだとはいえ、きっと、日々を何者にも負けまいと背を張って生きている麻矢には誰にも知られたくない話だ。自分とは大違いの、気性の激しい、真っすぐな妹の。

「……それでもまだやるって言うなら、俺を殺してからにしてくれ。俺も全く死にたくない」

重い後悔に俯《うつむ》いたまま、良明は考え無しにその場を駆け出した。

所詮《しょせん》は逃げ打つ性格なのだが、そのせいで駐車場まで来てここから歩いて帰らないとならないことに気づかされる。

「つーか、あの車麻矢のカードで買ってるし……一生会えないな俺、もう双子の妹」

せめて歩くそのぐらいの意地は張り通そうと、良明は震えながら元来た道を逸《そ》れて山道に向かった。

「……やっと、見つけた」

山を歩いて迷って、結局また港の宿の主人に助けられ、凍える港に自戒のために座り込んで煙草を噛んでいた良明《よしあき》の頭上から影が指した。

反対側のオタモイの海には、美しい夕日が降りるころだ。

走って捜したのか、愛一郎《あいいちろう》の額には汗が浮いていた。

「……泣きながら捜すな、体裁の悪い……」

自分を見下ろしている愛一郎が泣いていることに気づいて、良明がさりげなく隣を空ける。

「さっきの話……結婚式で車まで追っかけて来た、妹さんだよね」

怖《お》ず怖《お》ずと隣に腰を下ろしながら、愛一郎は尋ねた。

「ああ。見た通り今は元気だ」

「帰らなくちゃ……良明。妹さんのこと心配で、大好きなんだろ？」

「帰らないよ。仲はこの世の終わりぐらい悪い、双子なのにな」

「どうして？」

理解しかねると愛一郎が、首を傾ける。

「俺も、多分妹も今は昔ほどお互いが嫌いじゃない。でもとにかく仲は悪い」

「じゃあ仲直りしなよ」

「生まれたときから相性最悪なんだ。それでもおまえを捨てた日に、妹には一生分謝って、代わりに妹は結婚式の日に財布をくれただろう」

「イミ……わかんねー」

頭を抱えて愛一郎は背を屈《かが》め、勢い海に落ちそうになるのを良明が襟首《えりくび》を摑《つか》んで引き戻した。

「家族で、双子で、お互いがそんなに好きじゃなくてもう一生会わなくても……俺は妹が死んだら悲しい。妹には生きていて欲しい」

「……そういうもん？」

「そういうもんだ。愛一郎」

不意に、良明は涙を拭《ぬぐ》った愛一郎を振り返った。

「おまえ、親御さんに電話しろ」

「え？」

「生きてることぐらい伝えろ。俺出るから、責任持って預かるって。送って貰いたい書類もあるし」

「ちょ……っ」

抗いにくくなっている愛一郎を、今とばかりに良明は襟を摑んで立たせて、公衆電話まで引きずって行った。

「今日日曜だから家にいるかもしれないだろ。家に電話してみろ」

「でも……別にうちの親は、言ったじゃん。高校の話」

「いいから。俺が好きなら掛けろ」

「え……？　……うん」

そんな滅多《めった》に聞かされないようなことを言われて愛一郎は、赤くなって何も考えずに自宅の番号を回した。

それでも息を飲んでいると、すぐさま受話器の上がる音がする。

「……あ……っと、もしもし俺。あの、生きてる生きてる」

良明に言われた通り告げた愛一郎に、電話の向こうで両親が何か大声で喚《わめ》いているのが良明にも聞こえる。

「あの、元気だから。大丈夫だから。ええと」

「代われ」

あまりにカードの減りが早いのに、答えを待たずに受話器を受け取って、良明は教師の口調になった。

「もしもし……大変ご心配おかけしております。中村《なかむら》と申します。今愛一郎くんと暮らしている者です」

呆然と横で見ている愛一郎に構わず、良明はなんとかカードが終わるまでに両親を落ち着かせて用件を言った。三カ月愛一郎は家に帰っていなかったが、その間は学校に行っていることはわかっていたのだろう。しかし退学を巡って言い争ってから二週間、恐らくはもっと、両親にとっては愛一郎は行方《ゆくえ》知れずの高校生だったことになる。もっと早く電話させるべきだったと、良明は溜息をついて受話器を置いた。

電話を切ったことにも気づかず、愛一郎はまだぼんやりしている。

「親父さんもお袋さんも、死ぬほど心配してただろうが」

歩くには少し遠い借家への道を、海を背にゆっくりと二人は歩きだした。

「……びっくりした」

「会いたくなったんじゃないのか？」

元々、愛一郎は両親を嫌ってはいない。寧《むし》ろもっと愛して欲しかったのだ。愛一郎が帰りたいと言ったら帰すべきだろうかと、ふっと、良明の胸に初めて、愛一郎を失う不安が触った。

「会いたくなった……けど」

けれど強く、愛一郎が良明の手を取る。

「でも帰って少しすると、またお父さんとお母さんは俺に……困るから」

苦笑して、愛一郎が俯く。

「それに俺、良明が一番だから」

　そして顔を上げて愛一郎は、良明に笑った。

「……不思議だー、家族って」

「そうだな。不思議だな」

　坂を上がって、着いた日に遊んだ遊園地に愛一郎は目を向けた。

「港で、働くよ俺も。お金貯《た》ったらまた遊園地に来よ」

「そうだな……。ん？　おまえ、この額の傷なんだ？」

　遊園地を見た愛一郎の前髪が風に浚《さら》われて、良明が生々しい傷痕《きずあと》に顔を顰める。

「え？　あ、さっき良明捜してて坂で転んだ。びっくりしたー、車に激突しちゃってさ」

「ひっ、轢《ひ》かれたのか!?」

「いや、停まってくれたけど」

　どういう意味なのか事もなげに愛一郎は、けろっとして言った。

　急に、胸を摑まれたようになって、遊園地の柵を摑んで良明が立っていられずにしゃがみこむ。

「……前々から聞こうと思ってたんだけど、おまえのその脳天の傷痕はなんだ？」

「え？　ああこれ？　子どものころ滑り台から飛んだんだよ」

「飛んだ……？　肩の長い傷は」

「ええとこれは……なんだっけ。あ、自転車で陸橋滑走して線路に突っ込んで、あ、突っ込んだときは足が折れて。この傷は鉄条網でやったんだった……どうしたの？　良明」

「……おまえの両親が、前におまえが言った通り確かに、生きてるだけで充分だとさっき言った。しみじみと泣きながら、あれが本心だ」

荒くなる呼吸に胸を押さえて、良明が掻《か》き毟《むし》る。

「だいたいおまえは今もそのガキのころと何も変わっちゃいないじゃないか。安易に銃は撃つ、メリーゴーラウンドの棒に捉《つか》まって回る、観覧車によじ登る……っ」

二度目にこの遊園地に来たときに愛一郎がそれだけのことをやったので、実は自称兄は出禁を言い渡されていた。

「どうしたんだよ急に……」

「俺は……本当は妹のお陰で、死ぬほど心配性だし不安定なことが大嫌いなんだ。だから妹とも、心配になるものや不安定なものと目を合わせないように目を合わせないように、平常心でいられるように生きて来た……それを……っ」

立ち上がり、きっ、と良明が愛一郎を睨みつける。

「これからどんだけおまえに心配させられなきゃいけないんだよ！　……っ……」

過去にないほど声を張り上げた一日だったので、良明はいい加減酸欠になってその場に崩れ落ちた。

「……よ……良明っ」

慌てて愛一郎がその体を抱きとめる。

「背負うよ、ごめんごめん！　もう心配かけるようなことしないから!!　腕、ほらこっち！」

とても信じられないことを言って愛一郎は、良明を背負って歩き出した。

「……おまえのせいで、俺の心臓止まったらどうしてくれる……」

「……なんか、すげえ嬉《うれ》しい。どんだけ俺愛されてんだろ、すげー嬉しいよー！」

「俺は今教会でおまえを選んだことを死ぬほど後悔してる!!　……っ……」

何故この緊迫感が伝わらないと、喚く度良明はその慣れない行為のせいで血が下がる。

「叫ばない方がいいよ、良明」

良明の気も知らず愛一郎は、弾んだ声で歩を速めた。

「早く、俺たちの家に帰りたい」

浮かれた愛一郎が本当に憎らしくなったが、これ以上怒鳴る気力など良明にあろうはずもなかった。

「手続きに必要な書類、局留めで送って貰うことにしたから……春になったら定時制に行け、おまえ」

せめて今と、疲れ切った声で良明が言うのに、愛一郎は意味がわからないと振り返る。

「まだそんなこと言ってんの？」

「いつまでも言う。俺が、焦ってあんな考え無しにおまえを捨てなきゃ……おまえは今ここにいなかった」

「それが悪いの!? 俺すげえ幸せだよ今!」

港に響き渡るような声で、今度は愛一郎が叫んだ。

「さっさと歩いてくれ……。あんな真似《まね》しなきゃ、おまえを……一週間も記憶が曖昧《あいまい》になるほど傷つけなくて済んだし、もっと違う解決法があったかもしれない」

「そんなのある訳ないじゃん」

からっと愛一郎が言うのに、良明が背で首を振る。

「俺は、多分もうあの時にはおまえが……好きで」

捨てられなかった沢山の対のものが、良明の瞼《まぶた》に触れて行った。

「だから、慌てたんだ。ちゃんと、考えれば良かったんだ。おまえが十八なら、高校卒業するまでは清い関係で付き合うとか」

「無理! そんなの!!」

「……なら、俺が教師をやめるとか。それでバイトでもしながら司法試験の勉強でもして……そうだ刑事弁護士や検事になれなくても司法試験に受かりさえすればどんな仕事でもあったのになんで俺は」

ほんの数週間前のことは、振り返ればいくら悔やんでもきりない。

「後悔の多い人生だねえ、良明。俺なーんにも後悔してないよ」

軽々と良明を背負ったまま、高校なんか二度と行く気はないというように愛一郎は話を飛ばそうとした。

「少しはしろよ。……そりゃ、高校なんか行かなくても立派にやってる人はいくらでもいる。でもおまえはそういうタイプか？」

「体で働くって」

「よく言えば素直だから、言われればこれからだって優子《ゆうこ》さんに言われるまま何手伝わされるか、今だって怪しい。親父さんだって、そういうことが心配だったんだ。いざってときに、出ときゃ良かったと思うもんそれが高校だ」

「イミわかんねえ」

少し拗《す》ねたように、いつもの台詞《せりふ》で愛一郎は話を終わらせようとする。

もう夕日も彼方《かなた》に消えて、夜はすぐそこだった。

「わかったときには手遅れなんだよ。おまえにそんな後悔させたくないんだ、俺は。おまえが高校も家も捨てて来たのは俺のせいだ。だからせめて定時制、出てくれ。俺は非力で、この先ずっとおまえを社会の中で守って行ける自信なんかない」

「それって……いなくなるってこと？」

不安そうに尋ねた愛一郎の目を見るために、その広い背から良明は降りた。

まだ少し、立ちくらみがする。

「そうじゃない」

立ち止まり向かい合って、良明は愛一郎の頬に触れた。

「例えば……わっかりやすく言えばおまえがその目立つ風体のせいで何かの冤罪《えんざい》でとっ捕まったとする。優子さんがいる限り冤罪とは限らない。そういう時社会には、『ああ中卒なの。やっぱり』とかいうバカがまだまだいるんだよ。そういうときに、おまえを守る盾を少しでも持たせておきたいんだ。俺の責任だから」

「責任なんて……」

「責任じゃないな。……これが、俺のおまえへの愛情だ」

その言葉を嫌がった愛一郎に、仕方なく、本当のところを良明が告げる。

「愛情……?」

「愛ゆえだ」

観念して溜息をついた良明を、愛一郎が抱き締めるのは当然の成り行きだった。

「良明……昨日の今日だけど今夜……」

「俺を殺す気かおまえ……」

そこに、見ていられないというように、四駆の派手なライトが二人を照らす。

「ちょっと!　いい加減にして乗ってくれませんこと!?　テレビ電話のあるところまで行って

来て疲れてますのよ!!」

助手席から丁寧なだけの言葉を聞かせるのは、当然良明の本妻様だった。


珍しく優子《ゆうこ》は、一同を自分と竹脇《たけわき》の住居に集めた。

そこには次々と竹脇が、パソコンから衛星アンテナと、この住宅には負担なまでの最新鋭機器を車から降ろしている。

「さてと」

少し町に出たからか、ケンタッキーのパーティーバーレルを二つテーブルに置いて、優子は全員にビールを振る舞った。

「……愛一郎《あいいちろう》、おまえコーラにしとけ」

さっと良明《よしあき》が、愛一郎の手の中のものをコーラに代える。

おとなしく愛一郎は、コーラを開けた。

「さっきの話、感銘を受けたわ。旦那様」

「……全然思ってないのに、旦那様って呼ぶのやめてくれませんか……」

「とにかく、気が変わりましたの」

「俺たちも反省したよ良明ちゃん。ね！　英二《えいじ》!!」

「まあ……な」

今一つ納得していない英二の肩を揺すって、裕也《ひろや》が身を乗り出す。

「じゃあ、港で働くということで……」

「ところがそういう風にわたくしは生まれついていないんですわ。これはどうしようもないこと。そこで、やり方を変えることにしましたの」

何か打ち出した書類を優子がテーブルに置くのに、竹脇は溜息をついている。

「あなたもそうでしょう、英二さん」

「よくわかってらっしゃる……お嬢様」

「そういうものがこの世にはいるのよ。三対三ね。で、妥協点を探って来たわ」

一見話し合いのようでいて、優子が決定事項を話しているのは明白だった。

「銃器や麻薬を買い取って処分するNGOがあるの」

「そんなNGOが……?」

「まあ、闇の非営利団体ね、わたくしが交渉したのは」

訝《いぶか》しげに尋ねた良明に、さらっと優子が話を流す。

「利益率はぐっと下がるけど、そちらに密輸船の荷を流すことに決めて来ましたわ。どうです？　とても平和的な話でしょう」
「ええと」
つまりはいくばくか、銃器麻薬の流通がなくなる、というところに優子が論点を置いている
のは良明にもわかった。
わかったがしかし——。
「でもそれって、密輸船強奪するのはなんも変わってねーんじゃねえの？」
核心を突いたのは、英二だった。
「そ……そうだ、何も」
「前金で三百万、入れて貰うことに致しました。それでより安全な武器をロシアマフィアと取
引するという非常に慎重なところから始めます」
「安全な武器って、この世で一番矛盾した単語だよねー」
頬杖《ほおづえ》をついてフライド・チキンを食べながら、強きに下って裕也が肩を竦める。
「待てっ、誰にも銃なんか撃たせません。というより密輸船の強奪なんかしないと言ったらし
ない！」
「愛人が銃器に向かないのはわかったので、作戦も遠隔的なものにします。皆の命のためにブ
レインが必要なのよ、旦那様。あなたこの大事な幼なじみの血気盛んな恋人の命も心配でしょ
う」

「俺は……漁師に……」

「向いてない向いてない」

冒頭の台詞に戻ろうとした良明の声を、今度は英二も聞いてはくれた。

「漁師になろうと……」

「机に向かってパソコン打ってる方が、良明ちゃんらしいのは確かだよ。英二の命のために頑張って！」

そして裕也も、聞いてはいるようだ。

フライド・チキンとビールで、いくらか健全化かつ具体化した計画に、皆は話が弾んでいる。

「俺は漁師になりたかったのに……」

「……良明、取り敢えず俺、行くから定時制」

きっと良明は漁師にはなれないので、せめて、と愛一郎が小さく言った。

がっくりと良明が、愛一郎にもたれかかる。

教員免許を持っている以上、何年掛かろうが愛一郎が定時制を卒業するまでは指一本触れさせないつもりでいることは、今はまだ良明は黙っておくことにした。

言ったところでどうせ、何もかもが流れるままになるのは間違いないのだから。

ついこの間まで高校教師だった男は、遠からず闇のＮＧＯと取引する海賊になる。

あとがき

私にしてはちょっと珍しいタイプの、カップル……かなと。思っておりますが、書くのは大変楽しゅうございました。

そしてラブストーリーと言えばとってもラブストーリーだろうというこの物語、これだけのために友人月夜野亮《つきよのりよう》と、当時北海道の大学生だった友人Y君に付き合って貰って、なんと書き下ろし部分に出てくるところは全て取材して歩いております……い、意味はあるのか！　いや楽しかった。

なんだか最初は、本気で後半部分をドンパチやる気だったんですが、雑誌に書かせて頂いた「高校教師、なんですが。」（雑誌掲載当時タイトルは「NO！」でした）、が、平和なラブストーリーとなって……北海道ヤクザと全面対決するには頼りない六人組が残ってしまった。

愛一郎も良明も、割と初めて書くタイプかな？　愛一郎のことは、書く分には楽しかったですが近くにいたらやだろうなー。大迷惑だろうなー。携帯を持たせる下りを書いていて、「ストーカーと何処で区別したら良いのだろう……」と一瞬自分でも引きましたが、受け取ってしまう良明が悪いと、そうだこれはそういう話だったと思い直したり。

英二と裕也の話も書きたかったですが、ちょっと暗くなっちゃいそうだし、こういう二人はなんだか沢山書いたことがある……のはきっと気のせいではない。ま、機会があれば書きたいです。

舞台にしたオタモイがとてもとても気に入っているので、またここで誰かの続きを書けたらいいな。そういえば雑誌にこの話を書いたあと、ニシン御殿は強風で屋根が吹っ飛んでしまったそうで、そのあとどうなったのか心配です……。ちっちゃい遊園地も本当にあるんですよ！

お嬢は、今までとは違う女性キャラをと思いましたが、何も違うようになりませんでした。麻矢が、今回は気に入っているかな。竹脇は幼少のころからお嬢に仕えて、でも本当はかっこいいのよと、私の中では心ひそかにここがカップル。

今回、実はすごく長いことお友達の山田《やまだ》ユギさんに、初めてイラストをお願いしています。本が出来上がってくるのが楽しみです。

そして雑誌掲載時から長々と文庫化までお付き合いくださった、いつも根気のある担当山田さんに感謝。

多分いつもとちょっと違うカップルのラブストーリー。楽しんで頂けたら幸いです。

次は五月の雑誌で晴天かな？

またお会いできることを祈って。

世界は花粉色、菅野《すがの》彰《あきら》。

この本を読んでのご意見、ご感想を編集部までお寄せください。

《あて先》〒105－8055　東京都港区芝大門2－2－1　徳間書店　キャラ編集部気付

「高校教師、なんですが。」係

■初出一覧

高校教師、なんですが。……小説Chara vol.9
(2004年1月号増刊掲載「NO!」改題)

高校教師、だったんですけど。……書き下ろし

Chara

高校教師、なんですが。

【キャラ文庫】

2006年3月31日　初刷

著者　菅野 彰

発行者　市川英子

発行所　株式会社徳間書店

〒105-8055　東京都港区芝大門2-2-1
電話03-5403-4324(販売管理部)
03-5403-4348(編集部)
振替00140-0-44392

印刷・製本　図書印刷株式会社
カバー・口絵　近代美術株式会社
デザイン　間中幸子・海老原秀幸

ISBN4-19-900385-1

好評発売中

菅野 彰の本

【毎日晴天!】

イラスト◆二宮悦巳

AKIRA SUGANO PRESENTS
菅野 彰
イラスト 二宮悦巳
毎日晴天!
高校時代の親友が
今日から突然、義兄弟に!?

「俺は、結婚も同居も認めない!!」出版社に勤める大河《たいが》は、突然の姉の結婚で、現在は作家となった高校時代の親友・秀《しゅう》と義兄弟となる。ところが姉がいきなり失踪!!　残された大河は弟達の面倒を見つつ、渋々秀と暮らすハメに…。賑やかで騒々しい毎日に、ふと絡み合う切ない視線。実は大河には、いまだ消えない過去の〝想い〟があったのだ——。センシティブ・ラブストーリー。

好評発売中

菅野 彰の本

毎日晴天！2

【子供は止まらない】

イラスト◆二宮悦巳

保護者同士の同居によって、一緒に暮らすことになった高校生の真弓《まゆみ》と勇太《ゆうた》。家では可愛い末っ子として幼くふるまう真弓も、学校では年相応の少年になる。勇太は、真弓が自分にだけ見せる素顔が気になって仕方がない。同じ部屋で寝起きしていても、決して肌を見せない真弓は、その服の下に、明るい笑顔の陰に何を隠しているのか。見守る勇太は、次第に心を奪われてゆき…!?

好評発売中

菅野 彰の本

【花屋の二階で】

毎日晴天！5

イラスト◆二宮悦巳

「なんで僕、ハダカなの!!」大学生の明信《あきのぶ》は、ある朝目覚めて、自分の姿にびっくり。体に妙な痛みが残ってるし、隣には同じく全裸の幼なじみ・花屋の龍《りゅう》が!!　もしや酔った勢いでコンナコトに!?　動揺しまくる明信だけど、七歳も年上で昔から面倒見のよかった龍に、会えばなぜか甘えてしまい…。帯刀《おびなた》家長男と末っ子につづき、次男にもついに春が来た!?　ハートフル・ラブ♥

好評発売中

菅野 彰の本

【野蛮人との恋愛】

シリーズ全3巻

イラスト◆やしきゆかり

帝政大学剣道部の若きホープ・柴《しば》田《た》仁《じん》と、東慶大学の期待の新鋭・仙川陸《せんかわりく》。二人は実は、高校時代の主将と副将で、そのうえ秘密の恋人同士。些細《ささい》なケンカが原因で、40年来の不仲を誇る、宿敵《ライバル》同士の大学に敵味方に別れて進学してしまったのだ。無愛想だけど優しい仁とよりを戻したい陸は、交流試合後の密会を計画!! けれど二人の接近を大反対する両校の先輩達に邪魔されて!?

キャラ文庫既刊

キャラ文庫既刊

【遺産相続人の受難】 CUT 鳴海ゆき

■金丸マキ
【恋はある朝ショーウィンドウに】 CUT 椎名咲月

■川原つばさ
【泣かせてみたい①〜⑥】
【ブラザー・チャージ】 泣かせてみたいシリーズ
【キャンディ・フェイク】 泣かせてみたいシリーズ2 CUT 禾田みちる
【天使のアルファベット】 CUT 極楽院櫻子
【プラトニック・ダンス】全6巻 CUT 沖麻実也

■神奈木智
【地球儀の庭】 CUT やまかみ梨由
【王様は、今日も不機嫌】 CUT 雁川せゆ
【勝ち気な三日月】 CUT 楠本こすり
【キスなんて、大嫌い】 CUT 穂波ゆきね
【その指だけが知っている】
【左手は彼の夢をみる】 その指だけが知っている2
【くすり指は沈黙する】 その指だけが知っている3 CUT 小田切ほたる
【ダイヤモンドの条件】
【シリウスの奇跡】 ダイヤモンドの条件2
【ノワールにひざまずけ】 ダイヤモンドの条件3 CUT 須賀邦彦
【無口な情熱】 CUT 椎名咲月
【征服者の特権】 CUT 明森びびか

【御所泉家の優雅なたしなみ】 CUT 円屋榎英
【甘い夜に呼ばれて】 CUT 不破慎理

■剛しいら
【このままでいさせて】 CUT 藤崎一也
【エンドマークじゃ終わらない】 CUT 椎名咲月
【伝心ゲーム】 CUT 依田沙江美
【追跡はワイルドに】 CUT 緋色れーいち
【雛供養】 CUT 須賀邦彦
【顔のない男】
【見知らぬ男】 顔のない男2
【時のない男】 顔のない男3 CUT 北畠あけ乃
【青と白の情熱】 CUT かすみ涼和
【仇なれども】 CUT 今 市子
【色重ね】 CUT 高口里純
【赤色サイレン】 CUT 神崎貴至
【蜜と罪】 CUT タカツキノボル

■ごとうしのぶ
【水に眠る月 ―夢見の章―】
【水に眠る月② ―霧雨の章―】
【水に眠る月③ ―黄昏の章―】 CUT Lee
【熱情】 CUT 高久尚子

■榊 花月
【午後の音楽室】 CUT 依田沙江美
【白衣とダイヤモンド】 CUT 明森びびか
【ロマンスは熱いうちに】 CUT 夏乃あゆみ
【永遠のパズル】 CUT 山田ユギ
【バナナチップス・チョコレート】 CUT やまがたさとみ
【もっとも高級なゲーム】 CUT 汞りょう
【ジャーナリストは眠れない】 CUT ヤマダサクラコ
【光の世界】 CUT 片岡ケイコ

■桜木知沙子
【ささやかなジェラシー】 CUT ビリー高橋

【ご自慢のレシピ】 CUT 椎名咲月
【となりの王子様】 CUT 夢花 李
【金の鎖が支配する】 CUT 清瀬のどか
【解放の扉】 CUT 北畠あけ乃
【プライベート・レッスン】 CUT 高星麻子

■佐々木禎子
【ロッカールームでキスをして】 CUT 高久尚子
【最低の恋人】 CUT 蓮川 愛
【したたかに純愛】 CUT 不破慎理
【ニュースにならないキス】 CUT 水名瀬雅良
【三ツ星シェフの心得】 CUT 雁川せゆ
【レイトショーはお好き?】 CUT 明森びびか
【秘書の条件】 CUT 史堂 櫂

■篠 稲穂
【熱視線】 CUT 夏乃あゆみ
【Baby Love】 CUT 宮城とおこ

■秀香穂里
【くちびるに銀の弾丸】 CUT 祭河ななを
【チェックインで幕はあがる】 CUT 高久尚子
【虜 ―とりこ―】 CUT 山田ユギ
【挑発の15秒】 CUT 宮本佳野
【誓約のうつり香】 CUT 海老原由里
【灼熱のハイシーズン】 CUT 長門サイチ

■愁堂れな
【身勝手な狩人】 CUT 蓮川 愛
【ヤシの木陰で抱きしめて】 CUT 片岡ケイコ
【十億のプライド】 CUT 汞りょう
【愛人契約】 CUT 水名瀬雅良
【紅蓮の炎に焼かれて】 CUT 金ひかる
【やさしく支配して】 CUT 香雨
【花婿をぶっとばせ】 CUT 高久尚子

■菅野 彰
【毎日晴天!】

キャラ文庫既刊

「子供は止まらない 毎日晴天!2」

「子供の言い分 毎日晴天!3」

「いそがないで。 毎日晴天!4」

「花屋の二階で 毎日晴天!5」

「子供たちの長い夜 毎日晴天!6」

「僕らがもう大人だとしても 毎日晴天!7」

「花屋の店先で 毎日晴天!8」

「君が幸いと呼ぶ時間 毎日晴天!9」

「明日晴れても 毎日晴天!10」

「夢のころ、夢の町で。 毎日晴天!11」

CUT二宮悦巳
「野蛮人との恋愛」

「ひとでなしとの恋愛 野蛮人との恋愛2」

「ろくでなしとの恋愛 野蛮人との恋愛3」

CUTやしきゆかり
「高校教師、なんですが。」 CUT山田ユギ

■春原いずみ

「風のコラージュ」 CUT やまかみ梨由
「緋色のフレイム」 CUT果桃なばこ
「とけない魔法」 CUTやまねあやの
「チェックメイトから始めよう」 CUT椎名咲月
「白檀の甘い罠」 CUT明森びびか
「氷点下の恋人」 CUT片岡ケイコ
「恋愛小説のように」 CUT香雨
「赤と黒の衝動」 CUT夏乃あゆみ
「キス・ショット!」 CUT麻々原絵里依

■染井吉乃

「嘘つきの恋」
「蜜月の条件 嘘つきの恋2」
「誘惑のおまじない 嘘つきの恋3」 CUT宗真仁子
「blue ～海より蒼い～」 CUT夢花 李
「足長おじさんの手紙」 CUT南かずか
「ハート・サウンド」
「ボディ・フリーク ハート・サウンド2」
「ラブ・ライズ ハート・サウンド3」
CUT麻々原絵里依

■篁釉以子

「バックステージ・トラップ」 CUT松本テマリ
「ドクターには逆らえない」 CUTやまかみ梨由
「真夏の合格ライン」
「真冬のクライシス 真夏の合格ライン2」
CUT明森びびか
「保健室で恋をしよう」 CUT香雨
「ショコラティエは誘惑する」 CUT円屋榎英
「甘えたがりのデザイナー」 CUT椎名咲月

■たけうちりうと

「泥棒猫によろしく」 CUT史堂 櫂

■月村 奎

「そして恋がはじまる」
「いつか青空の下で そして恋がはじまる2」
CUT夢花 李
「アプローチ」 CUT夏乃あゆみ

■遠野春日

「眠らぬ夜のギムレット」 CUT沖麻実也
「ブリュワリーの麗人」 CUT水名瀬雅良

■火崎 勇

「ウォータークラウン」 CUT不破慎理
「EASYな微熱」 CUT金ひかる
「永い言葉」 CUT石田育絵
「恋愛発展途上」 CUT蓮川 愛
「三度目のキス」 CUT高久尚子
「ムーン・ガーデン」 CUT須賀邦彦
「グッドラックはいらない!」 CUT果桃なばこ
「お手をどうぞ」 CUT松本テマリ
「ロジカルな恋愛」 CUT山守ナオコ
「カラッポの卵」 CUT明森びびか
「寡黙に愛して」 CUT北畠あけ乃
「運命の猫」 CUT片岡ケイコ
「名前のない約束」 CUT香雨
「書きかけの私小説」 CUT真生るいす
「最後の純愛」 CUT宝井さき

■菱沢九月

「小説家は懺悔する」
「小説家は束縛する 小説家は懺悔する2」
CUT高久尚子
「夏休みには遅すぎる」 CUT山田ユギ

■ふゆの仁子

「飛沫の鼓動《リズム》」
「飛沫の輪舞《ロンド》 飛沫の鼓動2」
「飛沫の円舞《ワルツ》 飛沫の鼓動3」
CUT不破慎理
「太陽が満ちるとき」 CUT高久尚子
「年下の男」 CUT北畠あけの
「Gのエクスタシー」 CUTやまねあやの
「ボディスペシャルNO.1」 CUTやしきゆかり
「恋愛戦略の定義」 CUT雪舟 薫
「フラワー・ステップ」 CUT夏乃あゆみ
「ソムリエのくちづけ」 CUT北畠あけ乃
「プライドの欲望」 CUT須賀邦彦

キャラ文庫既刊

[偽りのコントラスト] CUT水名瀬雅良

■穂宮みのり

[君だけのファインダー] CUT円屋榎英

[純銀細工の海] CUT片岡ケイコ

■前田 栄

[好奇心は猫をも殺す] CUT高口里純

■松岡なつき

[声にならないカデンツァ] CUTビリー高橋

[ブラックタイで革命を]

[ドレスシャツの野蛮人] ブラックタイで革命を2 CUT緋色れーいち

[センターコート] 全3巻 CUT須賀邦彦

[旅行鞄をしまえる日] CUT史堂 櫂

[GO WEST!] CUTほたか乱

[NOと言えなくて] CUT果桃なばこ

[WILD WIND] CUT雪舟 薫

[FLESH & BLOOD①〜⑨] CUT雪舟 薫

■真船るのあ

[オープン・セサミ]

[楽園にとどくまで] オープン・セサミ2

[やすらぎのマーメイド] オープン・セサミ3 CUT蓮川 愛

[思わせぶりな暴君] CUT果桃なばこ

[恋と節約のススメ] CUT橘 皆無

[眠れる館の佳人] CUTにゃおんたつね

■水無月さらら

[お気に召すまで] CUT北畠あけの

[永遠の7days] CUT真生るいす

[視線のジレンマ] CUT Lee

[恋愛小説家になれない] CUT史堂 櫂

[バルコニーから飛び降りろ!] CUT高塚カズイ

[なんだかスリルとサスペンス] CUT円屋榎英

[正しい紳士の落とし方] CUT長門サイチ

[オトコにつまずくお年頃] CUT兎りょう

■桃さくら

[占いましょう] CUT唯月 一

■夜光 花

[シャンパーニュの吐息] CUT兎りょう

■吉原理恵子

[二重螺旋]

[愛情鎖縛 二重螺旋2] CUT円陣闇丸

〈2006年3月25日現在〉

投稿小説★大募集

『楽しい』『感動的な』『心に残る』『新しい』小説——

みなさんが本当に読みたいと思っているのは、どんな物語ですか？　みずみずしい感覚の小説をお待ちしています！

•応募きまり•

[応募資格]

商業誌に未発表のオリジナル作品であれば、制限はありません。他社でデビューしている方でもOKです。

[枚数／書式]

20字×20行で50～100枚程度。手書きは不可です。原稿は全て縦書きにして下さい。また、800字前後の粗筋紹介をつけて下さい。

[注意]

①原稿はクリップなどで右上を綴じ、各ページに通し番号を入れて下さい。また、次の事柄を１枚目に明記して下さい。
(作品タイトル、総枚数、投稿日、ペンネーム、本名、住所、電話番号、職業・学校名、年齢、投稿・受賞歴)
②原稿は返却しませんので、必要な方はコピーをとって下さい。
③締め切りは特別に定めません。採用の方にのみ、原稿到着から３ヶ月以内に編集部から連絡させていただきます。また、有望な方には編集部からの講評をお送りします。
④選考についての電話でのお問い合わせは受け付けできませんので、ご遠慮下さい。
⑤ご記入いただいた個人情報は、当企画の目的以外での利用はいたしません。

[あて先]　〒105-8055 東京都港区芝大門2-2-1
徳間書店 Chara編集部 投稿小説係

投稿イラスト★大募集

キャラ文庫を読んで、イメージが浮かんだシーンをイラストにしてお送り下さい。キャラ文庫、『Chara』『Chara Selection』『小説Chara』などで活躍してみませんか？

•応募きまり•

[応募資格]

応募資格はいっさい問いません。マンガ家&イラストレーターとしてデビューしている方でもOKです。

[枚数／内容]

①イラストの対象となる小説は『キャラ文庫』か『Chara、Chara Selection、小説Charaにこれまで掲載された小説』に限ります。
②カラーイラスト1点、モノクロイラスト3点の合計4点。カラーは作品全体のイメージを。モノクロは背景やキャラクターの動きの分かるシーンを選ぶこと（裏にそのシーンのページ数を明記）。
③用紙サイズはA4以内。使用画材は自由。

[注意]

①カラーイラストの裏に、次の内容を明記して下さい。
（小説タイトル、投稿日、ペンネーム、本名、住所、電話番号、職業・学校名、年齢、投稿・受賞歴、返却の要・不要）
②原稿返却希望の方は、切手を貼った返却用封筒を同封して下さい。封筒のない原稿は編集部で処分します。返却は応募から1ヶ月前後。
③締め切りは特別に定めません。採用の方にのみ、編集部から連絡させていただきます。また、有望な方には編集部から講評をお送りします。選考結果の電話でのお問い合わせはご遠慮下さい。
④ご記入いただいた個人情報は、当企画の目的以外での利用はいたしません。

[あて先]

〒105-8055 東京都港区芝大門2-2-1
徳間書店 Chara編集部 投稿イラスト係